Ilse Bindseil   Nach Venedig der Liebe wegen

Meiner Geliebten, Ise...

Kisses ♡
xx Jody   Juli 1993

Ilse Bindseil

Nach Venedig der Liebe wegen

Phantastische Erzählungen

R. Matzker Verlag DiA

Die Erzählungen «Verbannt» und «Nach Venedig der Liebe wegen» erschienen 1984 im «Lesebuch Zukunft» bzw. im «Einlesebuch Panik» des tende Verlags.

©R. Matzker Verlag DiA
Postfach 130 193
Berlin 1988
Photos: A. Shreyas
Druck: OMNIA GmbH

ISBN 3-925789-11-1

Inhalt

Im Urwald sterben

Es gab ein Geräusch.
Ich verbarg mich in meinem Baum und spähte hinunter.
Sie kamen von links und verschwanden rechts in den Bäumen. Da mein Baum sich in nichts von den anderen unterschied, sahen sie nicht ein einziges Mal nach oben. Ich war mucksmäuschenstill. Aber die Kolonne war lang. Da sie im Gänsemarsch gehen mußten, nahm sie kein Ende. Ich hatte erst zu zählen angefangen, als etliche schon unter mir vorbeigezogen waren, und war ungefähr bei siebzig angelangt, als ich infolge einer unwillkürlichen Muskelerschlaffung den Ast losließ, an dem ich mich festgehalten hatte, und wie eine reife Frucht vom Baum fiel. Ich stürzte auf einen der letzten in der Kolonne und riß ihn zu Boden. Mit einer blitzschnellen Bewegung hatte er sich unter mir hervorgearbeitet und warf sich auf mich. Ich sah noch, wie er die Faust hob. Dann schwand mir das vom Sturz und Schock verwirrte Bewußtsein.
Als ich zu mir kam, war ich allein. Es war Nacht. Der Urwald flüsterte. Mein Kopf dröhnte schwer. Ich fühlte mich krank. Auf die Füße drückte ein Bleigewicht. Ich warf mich herum und versuchte zu erkennen, wo ich war. Aber Urwaldnächte sind schwarz. Ich döste und wartete auf die Dämmerung. Wie der Tau fiel, drangen mir Gerüche in die Nase, die kannte ich nicht. Es war nichts Fremdes, nichts Menschliches, nichts Beängstigendes. Es war nur fremd, stark und süß, wie von falschem Jasmin. Wo mein Baum war, hatte es den Geruch von falschem Jasmin nicht gegeben. Es hatte vielfältig gerochen, nach allen Arten von Urwaldblumen und Verwesungsprozessen, nach dem Stoff-wechsel der Natur. Manchmal in der Abenddämmerung oder morgens zwischen

Tau und Tag, wenn ich poetisch gestimmt war, hatte ich mir gesagt: Es duftet. Ich kannte jeden einzelnen Geruch.

Den Geruch von falschem Jasmin kannte ich auch. Aber ich kannte ihn nicht aus dem Urwald. Bei meinem Baum hatte es nicht nach falschem Jasmin gerochen. Sonst war hier alles wie dort. Ich schlief ein. Ich fühlte mich krank. Die Natur forderte ihr Recht.

Als ich aufwachte, stand die Sonne schon hoch. Ich versuchte auf die Beine zu kommen. Aber es mißlang, oder es gelang mir schlecht. Mein Kopf war klar, aber mit meinen Füßen war etwas nicht in Ordnung. Wenn ich mich aufrichtete, knickte ich ein. Offenbar hatten sie etwas mit meinen Füßen gemacht, ehe sie mich zurückließen. Sie hatten mich meiner Bewegungsfähigkeit beraubt, bevor sie weitergezogen waren. Vielleicht hatten sie mir die Achillessehnen durchschnitten. Ich wußte da unten nicht so Bescheid. Wären sie nicht auf diese Lösung verfallen, hätten sie mich umgebracht, tröstete ich mich. Sie hatten einen Sinn für abgestufte Maßnahmen. Sie wußten, daß es reichte, die Sehnen durchzuschneiden. Sie mordeten nicht einfach drauflos.

Sie hatten sich davongemacht, und ich konnte sie nicht einmal bitten, mich zu töten!

Ich sah mich um und versuchte festzustellen, wo ich war. Offenbar hatten sie mich eine Strecke mitgeschleppt. Auf einer kleinen Lichtung hatten sie mich abgelegt, inmitten von blühenden Gräsern. Rings um mich schloß sich der Wald. Auf den ersten Blick konnte ich nicht erkennen, welchen Weg die Kolonne gekommen war, welchen sie genommen hatte. Unbeschädigt rankten sich Schlingpflanzen, wucherte, von keinem Fuß niedergetreten, das niedrige Gebüsch.

Das kann nicht sein, sagte ich laut. Sie waren zu mehr als siebzig Mann hier durchgezogen, und sie hatten mich mitgeschleppt. Sie waren an einer Stelle aus dem Wald gekommen, hatten mich abgelegt und waren an einer anderen Stelle wieder in den Wald gegangen. Es war nicht möglich, daß sie keine Spuren hinterlassen hatten. Aber ich fand keine.

Ich hatte jedenfalls schon zahlreiche Pflanzen zerdrückt. Wenn ich so weitermachte mit dem Umdrehen, Aufrichten und Einknicken, waren die Spuren im Handumdrehen beseitigt. Aber ich konnte es nicht ändern. So war jetzt nun mal meine Bewegungsart.

Als hätte ich es jahrelang geübt, rollte ich mich zusammen und landete wieder auf dem Bauch. Auf die Ellbogen gestützt, machte ich mich daran, die Lichtung abzusuchen. Vermutlich hatten sie alle erdenklichen Maßnahmen getroffen, um mich über ihren weiteren Marsch im unklaren zu lassen. Sie wollten mich nicht umbringen, aber sie wollten um jeden Preis verhindern, daß ich ihnen folgte. Ratlos musterte ich den Urwald. Er sah unberührt, unbewohnt, in jeder Hinsicht jungfräulich aus. Aber vermutlich war hinter dem Vorhang aus Schmarotzern, den in kräftigem Grün leuchtenden Girlanden, alles zertrampelt.

Bevor ich den Rand der kreisförmigen Lichtung erreicht hatte, war ich erschöpft. Wenn ich weiter den Detektiv spielen wollte, mußte ich essen und trinken. In meinem Baum hatte ich mir eine schöne Vorratskammer angelegt, aus geretteten Sachen und gefundenen. Zu meinem Baum wollte ich zurück, zu meinen Sachen und zu der kleinen Zisterne, in der das Wasser tagelang kühl und frisch blieb. Ich wollte hier nicht liegenbleiben und verdursten.

Ich leckte den Tau ab, wo ihn die Sonne noch nicht aufgetrocknet hatte, und dachte an meinen Baum. Ich hatte ein paar schöne Vorräte angelegt, auch Kaugummi, Streichhölzer und Papier. Ich wußte nicht, was von den dreien am wichtigsten war, die Streichhölzer, das Kaugummi oder das Papier. Nichts war lebensnotwendig, nicht einmal die Hölzer. Ich kochte nicht. Ich wärmte mich nicht. Ich brauchte die Streichhölzer zum Rauchen. Ich hatte Blätter entdeckt, die machten einen wunderschönen Rausch. Ich trocknete sie und rollte sie zu gelbbraunen, splittrigen Zigarren. Sie machten einen wunderschönen Rausch. Dann träumte ich von früher. Ich erinnerte mich. Aber ich erinnerte mich ohne Gram, und ich hatte hinterher keine Beschwerden. Manchmal kam mir der Gedanke, ich sollte die Streichhölzer abzählen, ich sollte sie mir einteilen, damit sie bei einer mittleren Lebenserwartung reichten. Aber ich hatte mich nicht dazu entschließen können. Jetzt war ich froh, daß ich nicht so streng mit mir gewesen war.

Ich glaube, ich bin eingeschlafen. Ich war so haltlos. Aber wie ich aufwachte, wußte ich gleich, daß es kritisch war. Ich lag in der prallen Sonne, und die Zunge klebte mir am Gaumen. Wie leicht hätte ich meinen Kopf in den Schatten betten können! Aber so war ich halb vertrocknet, und der Schädel brummte.

Ich erhob mich auf die Knie und wartete, bis das Schwarze vor meinen Augen verschwand. Dann sah ich mich um. Unzählige unsichtbare Wege führten in den Urwald. Wie sollte ich da meinen Baum finden?

Ach was, sagte ich mir entschlossen, ich gehe einfach los.

Aber ich konnte nicht gehen. Langsam kam es mir zu Bewußtsein, daß ich nie mehr würde gehen können. Und mein Baum? Wie kam ich hinauf? Ich versank in Träumereien und sah mich schon mit riesenhaft ausgebildeten Schultern, mit Armen, lang wie bei einem Gorilla, und Pranken, die nicht losließen. Die Beine würden verkümmern. Aber was tat es? Der Körper wurde nur leichter davon, und es fiel mir leichter zu schwingen.

Ich war schon wieder eingeschlummert. Vielleicht hatten sie mir eine Droge gegeben. Der Gedanke überfiel mich und leuchtete mir sofort ein. Wie war es sonst möglich, daß ich mich so auf den Tod zutreiben ließ, so widerstandslos und vergeßlich?

Ich hielt still und horchte nach innen. Ich versuchte noch etwas von der Droge zu erhaschen. Ich muß gestehen, ich war ganz wild auf das Zeug. Bevor ich damals meine Blätter gefunden und mir die schönen trockenen Zigarren daraus gedreht hatte, war ich gänzlich ohne Hoffnung gewesen. Ich kann gar nicht sagen, wie hoffnungslos ich war. Aber das war anders geworden, nachdem ich die Blätter gefunden hatte. Ich hatte eine Freude, einen Genuß. Und in mein Leben war so etwas wie eine Sorge gekommen, eine Regelmäßigkeit, eine Arbeit, so etwas wie ein Ernte-Gedanke, ein ernsthaftes Bemühen um das Sammeln und Trocknen der Blätter, ein Bewußtsein von der kostbaren Seltenheit dieser Pflanze.

Manchmal hatte ich der seltsamen Tatsache nachgesonnen, daß mir etwas teuer war, ohne daß ich es mit jemandem teilen, ohne daß ich es ihm wegnehmen mußte, nur weil es meinen Tag verschönte, weil es ihm eine Einteilung, einen Höhepunkt verschaffte. Genauso war es nämlich.

Jetzt dachte ich schon wieder an den Rausch, und meine Blicke strichen lauernd über das Grün. Vielleicht ließen sich die Blätter kauen, wenn ich sie nicht rauchen konnte. Ich würde die Sammelleidenschaft, den Eichhörnchentrieb ablegen und mich mit einem regelmäßigen kleinen Genuß zufriedengeben. Aber zuerst mußte ich Wasser finden. Wenn sie mir etwas verabreicht hatten, dann hatte es die Flüssigkeit in meinem Körper aufgebraucht. Das war bei allen Drogen so.

Und was ich nie gedacht hatte: ich überwand die Furcht, den richtigen Weg zu verfehlen, und drang an einer beliebigen Stelle in den Urwald ein.

Drinnen war es schattig und kühl. Ich war dem Urwaldboden noch nie so nahe gewesen. Ich kroch förmlich auf dem Bauch und warf einen scharfen Blick über das Moos. Es war feucht hier, wo die Sonne nie hindrang. Ich brauchte nur zu wählen, ob ich den Mund auf das Moos pressen oder lieber einen von den vollgesogenen Stengeln zerkauen wollte. Ich wollte gern auf beides verzichten, aber es war gut zu wissen, daß es Feuchtigkeit gab.

Ich machte eine Pause, um zu verschnaufen, rollte mich auf den Rücken und sah in die Wipfel. Nie wieder würde ich da mit meinen kaputten Füßen hinaufkommen. Aber der Urwald war fruchtbar. Neben den Stämmen wuchsen dünne Sprossen aus der Erde, mit hellen Blättern auf zarten Stengeln. Von denen konnte man kosten. Sie hatten es eilig gehabt. Sie verschmähten den langen Weg durch den Stamm. Und sie waren besonders zart. Vor Tieren fürchtete ich mich nicht. Ich fühlte mich nicht beobachtet. Ich wußte, daß sich niemand hinter den Bäumen verbarg. Es war sinnlos, so etwas zu denken. Man mußte realistisch sein. Gefahr war selten. Sie kam vor. Aber sie war selten. Eine Gefahr hatte ich gerade überlebt. Ich wußte, wie lange es vermutlich dauern würde, bis sich wieder die Gelegenheit ergab.

Ich kostete von den dünnen Sprossen neben mir, lag auf dem Rücken und biß ab. Sie waren zart und enthielten viel Flüssigkeit. Natürlich nicht entfernt genug, um den Durst zu löschen. Immerhin bekam ich wieder Spucke in den Mund und genug Kraft, um meinen Weg fortzusetzen.

Ich kroch eine Weile, ohne anzuhalten. Die Gegend, wenn ich das so nennen darf, war mir fremd. Natürlich konnte es auch sein, daß ich sie aus dieser ungewohnten Perspektive nur nicht erkannte. Jedenfalls war mir klar, meinen Baum fand ich nicht wieder. Aber die Erkenntnis traf mich schon nicht mehr. Ich hatte mich von jeder Sehnsucht getrennt. Auch den Verlust des Feuers hatte ich bereits verschmerzt. Im Gegenteil, mit dem Feuer ist es eine vertrackte Sache. Das Feuer stellt den Anfang einer unendlichen Kette von Bedürfnissen dar. Wärmt es einem den Bauch, friert man im Rücken. Besser, man fror auch am Bauch. Besser, man hatte kein Feuer.

Ich hatte kein Feuer, und ich kroch auf dem Bauch. Wäre ich zu Hause gewesen, ich hätte gesagt, daß es Fichtennadeln waren, die den Waldboden federnd und warm machten. Aber ich wußte, hier war es etwas anderes. Ich steckte die Nase in den Boden und schnupperte. Es roch wie von leuchtendem Holz. Es roch schon kühl. Feuchtigkeit kroch mir unter den Bauch. Bald würde die Nacht hereinbrechen. Ich mußte essen, trinken und mir einen Schlafplatz suchen.

Ich fand alles. Wasser in langen, hohen Blütenkelchen, aus denen es giftig nach Maiglöckchen roch, ein Kraut, das ich bereits während meiner Baumexistenz zu essen gelernt hatte, und ein paar glühende Beeren, in denen sich eine alkoholisierte Flüssigkeit bewahrt hatte, wohl noch vom vorigen Jahr, und die mir zu einem tiefen Schlaf verhalfen. Dankbar für die Beeren schlief ich ein.

Ich erwachte vom Prasseln des Urwaldregens. Ich preßte die Hände zusammen, und die Tropfen sprangen aus ihnen heraus. Ich schlürfte das Wasser von den großen Blättern, hielt das Gesicht darunter und wartete, bis der Regen sie kippte. Als die Sonne durch die Bäume brach und der Wald anfing zu dampfen, dampfte ich auch.

Es war mitten in diesem Wohlbehagen, daß ich die Stelle an meinem Knöchel entdeckte. Sie war schon ziemlich groß. Da mir mein Fuß, abgesehen von einem dumpfen Druck, keinerlei Schmerzen bereitete, war ich sie mehr oder weniger durch Zufall gewahr geworden. Sie war schwärzlich-violett, leicht pochend und böse. Sie war das, was man eine Schwäre nennt. Und sie war schlimmer. Ich hätte mir, ohne zu zögern, den Fuß abgehackt, hätte ich nur ein geeignetes Instrument besessen und hätte mich die Frage des Blutstillens nicht schon in der Vorstellung vor unüberwindliche Schwierigkeiten gestellt. Ich betrachtete die Stelle und wußte, das war übel.

Von nun an war meine Aufmerksamkeit geteilt. Nach außen hin betrieb ich meine Erhaltung nach wie vor mit Tatkraft und Umsicht. Ich schlief ordentlich und gab acht, daß ich genug zu essen und zu trinken hatte. Die Gegend war mir nur noch halb fremd, noch immer voller Neuigkeiten und Überraschungen, aber ohne Bedrängnisse. Ich emanzipierte mich von meinem Baum. Ich bewies meine Lebensfähigkeit. Ich bewies, daß ich ein neuer Mensch geworden war oder besser: ein neues Wesen. Wobei ich nicht an Robinson denke, keineswegs, sondern an wirklich neue Gewohnheiten. Wenn ich aber auf mein Fußgelenk sah, und das geschah nicht gerade ununterbrochen, aber immer häufiger in dem Maß, in dem sich das Übel verschlimmerte, packte mich ein Gefühl der Ohnmacht. Da war etwas, das war wie ein Einspruch. Das setzte meine ganzen wunderbaren Fähigkeiten außer Kraft. Mochte ich mich an alles gewöhnen, an die extreme Einsamkeit, die Isolation von allem, wofür es sich zu leben lohnte, und jetzt auch an das neue Leben auf dem Bauch - da war etwas, das gewöhnte sich nicht. Es blieb mir nichts anderes übrig, als abzuwarten und die beiden Hälften meines merkwürdigen Lebens so lange gegeneinander zu balancieren, bis es zur Entscheidung kam.

Allmählich kam ich in Not, und ich richtete meine Gedanken auf das Ende. Es war jetzt dringender als je, daß ich die Blätter fand. Ich wollte nicht ohne Betäubung sterben, und ich konnte die Ruhepausen, die mir immer notwendiger wurden, nicht in gehörigem Maße ausdehnen, ohne daß ich etwas hatte, was mich beruhigte. Zufallsfunde wie die Beeren in jener ersten Nacht waren himmlisch, und die Freude, die ich darüber empfand, war sicher nicht zu vergleichen mit der Zufriedenheit über eine verfügbare Menge. Aber ich hatte keine Nerven mehr für die Ungewißheit, und auch die große Freude war mir im Grunde zuviel. Was ich brauchte, war die abgemessene Dosis. Ich wollte es sagen können, wenn ich nicht mehr konnte. Aber das konnte ich nur, wenn ich etwas hatte.

Ich durchkämmte den Urwald. Ich sah nur nach den Blättern. Manchmal kostete ich von einer Pflanze, die mir vielversprechend und ähnlich schien. Dadurch hatte ich manche Übelkeit auszustehen, die mir vor lauter Schwäche und Magenzittern zu einem Zustand rauschähnlicher Benommenheit verhalf. Aber ich gab mich mit dieser Sorte Rausch, dieser Benommenheit, nicht zufrieden. Ich wollte mehr. Ich wollte nicht einfach krepieren. Zwar hatte ich mir ein tödliches Leiden zugezogen. Aber worin unterschied dieses Leiden sich von den Problemen, mit denen ich tagtäglich fertig werden mußte? Darin, daß es tödlich war, natürlich. Aber da der Tod nicht augenblicklich eintrat, gab es keinen Grund, ihm anders zu begegnen als dem Leben. Daß es schwierig werden würde, wußte ich auch. Aber es war bislang nicht eben einfach gewesen. Vor allem mußte ich mich rechtzeitig auf die zu erwartenden Komplikationen einstellen. Das hieß, ich brauchte die Blätter.

Ich fand sie. Ich erkannte den Strauch gleich wieder. Er war üppig und trug Blätter, wie ich sie in der Größe und Fülle noch nie gesehen hatte. Da, wo ich vorher gelebt hatte, bei meinem Baum, waren sie immer rar gewesen. Die Sträucher gediehen nicht unter den Bäumen, und sie erstickten halbwegs in der Umklammerung durch die vielarmigen Schmarotzer. Dieser hier stand frei, und die Blätter erreichten ein Mehrfaches der mir bekannten Größe. Vorsichtig pflückte ich ein Blatt.

Ein neues Leben begann. Ich wurde rapide schwächer. Ich spürte keinen Hunger mehr, und ich schlief zuviel und kam in der verbleibenden Zeit nicht an das nötige Wasser. Ich gewöhnte mich an ein geringeres Quantum, aber ich glaube, insgeheim verdurstete ich bereits. Dabei war es nicht so, daß ich zu den Blättern gegriffen hätte, wann immer mir meine Probleme zuviel wurden. Es war beispielsweise nie so, daß ich mich betäubte, weil ich nichts zu trinken hatte. So war es nie. Ich genoß vielmehr die Entspannung, die sich beim Kauen der Blätter einstellte, und vergaß darüber den Durst. Als ich mich nicht mehr aufrichten konnte, hatte ich längst jedes Bedürfnis verloren.

Dabei war ich reinlich, verscharrte den Unrat mit den Händen und rückte langsam um meinen Strauch herum. Nicht daß ich den Tod für eine Erlösung gehalten hätte! Aber er war wichtig. Bislang hatte ich gut für mich gesorgt. Ich hatte nichts verschenkt. Ich hatte nicht aufgegeben. Jetzt war er an der Reihe. Er brachte etwas. Er war wie eine Zukunft. Und er kam von allein. Er machte mir das Leben leicht. Angenehm erwärmt bis in die Fingerspitzen, von einem lebendigen Gefühl meiner selbst erfüllt, lag ich neben dem Strauch und wartete auf den Tod. Ich sah ihn kommen.

Gerettet

Ich bin Ingenieur. Meine Ausbildung habe ich hier in der Stadt gemacht, in der ich aufgewachsen bin. Gleich nach dem Examen bekam ich zusammen mit etlichen Kommilitonen aus dem gleichen Semester eine Stelle beim Tiefbauamt. Qualifizierte Arbeitskräfte wurden gebraucht. Der Trend ging auf Expansion. Erst vor ein paar Jahren war die Stadt aus ihrem Dornröschenschlaf aufgewacht. Neue Industrien hatten Arbeitskräfte angelockt. Der Anschluß ans Autobahnnetz hatte weitere Industrieansiedlungen gebracht. Junge Leute um die Zwanzig und Dreißig beherrschten das Straßenbild. Es ging uns gut. Wir hatten keinen brennenden Ehrgeiz, der uns die Laune verdarb, und es gab wenige, denen es schlechtging; uns fielen sie, ehrlich gesagt, gar nicht auf.

Gleich eine der allerersten Arbeiten, zu denen wir herangezogen wurden, war äußerst heikel. Die supermoderne Wohnstadt, die sie in den letzten Jahren aus dem Boden gestampft hatten, war in den Verdacht geraten, auf unsicherem Grund zu stehen. Das Tiefbauamt selbst sollte schlampig gearbeitet haben. Nichts sollte an die große Glocke gehängt, alles möglichst im geheimen geprüft werden. Da aber der Vorfall in seiner Größenordnung einzigartig war, waren nicht nur Erfahrung, Vertrauenswürdigkeit, sondern ebenso modernste Kenntnisse und Methoden, ja eine gewisse Risikobereitschaft gefragt. Und so wurden auch die Neulinge, frischgebackene Ingenieure und Absolventen der Technischen Universität, von Anfang an hinzugezogen.

Wir gingen unbekümmert zu Werk, gruben, wo es uns paßte, ließen uns von niemandem hineinreden und verjubelten abends unser Geld in der Stadt. Wir hatten eine interessante und aufregende Arbeit. Wir hatten teil am Aufstieg der

Stadt, am Wohlstand für alle. Wir waren geachtet und beliebt. Wir waren zufrieden.

Die Wohnstadt war praktisch untertunnelt. Tiefgaragen, das Röhrensystem der Fernheizung und Abwässerbeseitigung sowie zwei immense Zivilschutzbunker, die nur je zwei kleine Ein- und Ausgänge wie bei einem U-Bahnhof hatten, machten, daß sie buchstäblich in der Luft stand. Wir installierten uns unterirdisch, in den untersten Geschossen der Tiefgaragen und Bunker, und gruben uns weiter in die Tiefe vor. Die Ergebnisse waren wenig signifikant. Freilich gab es erhebliche Unsicherheitsfaktoren, und wenn man sich darein vertiefte, konnte man schon ins Grübeln kommen. In unserer Büchergelehrsamkeit waren wir uns aber einig, daß es diese Unsicherheitsfaktoren im Grunde überall gab.

Wenn man danach ginge, sagte ein Kollege, dann dürfte man überhaupt nicht mehr bauen, und wir gaben ihm recht.

Dennoch war das Risiko beträchtlich. Zumindest in diesem Fall, wo der Verdacht aufgetaucht war, mußte man versuchen, die Untersuchungen so schnell wie möglich voranzutreiben und zu einem Urteil zu kommen, wie gefährlich eigentlich auf dem morastigen Grund das Bauen war.

Ich erinnere mich an den Unglückstag. Es war kurz vor Feierabend gewesen. Wir hatten unser Arbeitszeug, soweit wir es nicht einfach stehenließen, zusammengepackt und noch einen Erkundungsgang tief hinein in einen der kleineren Tunnel gemacht, als ein Donnern begann, bei dem die Älteren von uns sich sogleich an die Bombennächte ihrer Kindheit erinnerten, und wir Jüngeren, wir dachten, die Erde bebt. Instinktiv spritzten wir alle auseinander und suchten jeder für sich einen Unterschlupf, so als wollten wir in das Unglück der andern nicht mit hineingerissen werden. Als es vorbei war, stellten wir fest, daß wir verschüttet waren. Überraschend viele von uns hatten überlebt. Vom Ausmaß des Unglücks und davon, wie es oben, über unsern Köpfen, aussah, hatten wir natürlich keine Ahnung.

Ich weiß nicht, was schlimmer war: die unzähligen Versuche, uns zu befreien, oder die ebenso zahlreichen Bemühungen eines jeden von uns, die Oberhand zu gewinnen, das

Überleben auf Kosten der andern zu sichern - oder ganz einfach die tägliche Lebensnot. Etliche starben, die das Unglück selbst noch unverletzt überstanden hatten. Es kam zu Auseinandersetzungen und Streitigkeiten, zu Ausbrüchen von Wahnsinn und Gewalt. Wer übrigblieb, kam allmählich um. Zu trinken hatten wir wenig. Wir bekamen zwar Gliederreißen von der Feuchtigkeit, aber wir waren immer durstig. Wir ernährten uns im wesentlichen von Ratten. Sie waren nicht zahlreich, aber es gab sie. Das war eine Angst, wenn wir eine gefangen hatten: war sie schon krank, vergiftet? Überall lag das Rattengift herum. Wir hätten einen Vorkoster gebraucht, einen Sklaven. Zögernd aßen wir den ersten Bissen und wurden, während wir noch auf die Wirkung warten wollten, vom Hunger überwältigt und verschlangen die Beute auf einmal. Die Krämpfe stellten sich so regelmäßig ein, als wenn jede Ratte vergiftet gewesen wäre. Aber allmählich stellten wir fest, daß nicht viel dahinter war. Nicht viel, das hieß Abscheu vor der ekligen Speise, die Revolte des ausgehungerten Magens oder ganz einfach Erschöpfung - und auch daran konnte man sterben. Etliche starben daran, oder sie hatten sich tatsächlich vergiftet. Wir übrigen stumpften ab, fraßen die Ratten voller Ekel, aber ohne Angst. Wir machten uns sogar über das Rattengift her: verschimmelte Haferflocken mit Gift untermischt. Wir trennten die Haferflocken von den blauen Körnern und aßen sie auf. Man kann sagen, daß wir uns systematisch vergifteten.

Zwischen den übereinandergestürzten Blöcken zogen sie uns schließlich heraus. Hochrufe wurden laut, als wir ins Freie taumelten, Hochrufe auch auf die Suchmannschaft, die sich wochenlang, nachdem wir aufgegeben worden waren, erneut an die Arbeit gemacht hatte. Wo keine Leiche ist, hatten sie gesagt, da ist noch Hoffnung. Und sie hatten wieder angefangen zu graben.

Gerettet! verkündete am nächsten Morgen die Schlagzeile des Stadtanzeigers in schwarzen Lettern. Von der Zähigkeit unseres Überlebenswillens wurde berichtet, vom Heldenmut unserer Retter, die sich der allgemeinen Resignation entgegengestemmt hatten. Offenbar hatte das Unglück beträchtliche Ausmaße gehabt. Aber teils war die Erinnerung schon abgeblaßt, teils war man sich einig, daß es noch viel schlimmer hätte ausgehen können.

Gerettet, sagte ich zu dem Kameraden, der mit mir durch die erleuchteten Straßen schlenderte, und sah ihn nicht an. Der Abend war hell und schön. Wir brachten es nicht fertig, nach Hause zu gehen.

Die meisten Leute hielten ein Eis mit einem dicken Schokoladenüberzug in der Hand, wie es jetzt Mode war, und darunter ein dunkelbraunes, knuspriges Hörnchen.

Ich möchte auch eins, sagte mein Kamerad und klimperte mit dem Geld, das sie uns beim offiziellen Empfang zugesteckt hatten. Er hatte noch nicht einmal daran geleckt, da warf er es in den nächsten Abfallkorb, verdrückte sich in eine Seitenstraße und erbrach sich. Ich ging ihm nicht nach. Wir hatten uns das Mitleid abgewöhnt und ließen einander in Ruhe.

Eine Gruppe Betrunkener stolperte aus dem Lokal und verbreitete den heißen Geruch von Alkohol. Einen Moment schwankte ich, ob ich hineingehen sollte. Aber ehe ich noch das Zögern überwunden hatte, war die fatale Verbindung zwischen dem Geruch und dem Solarplexus schon hergestellt. Ein heftiger Schwindel befiel mich. Der Krampf preßte meine Verdauungsorgane zusammen. Als ich merkte, daß ich immer noch neben der Kneipe stand, und zwar aufrecht, ermannte ich mich. Ich sagte zu mir: So schnell stirbst du nicht. Nur dein Magen rebelliert. Die Beine können noch laufen. Los, lauf!

Ich lief. Irgendwo neben mir mein Kamerad. Mit einer Kopfbewegung dirigierte ich ihn aus dem belebten Zentrum voller unerträglicher Geräusche und Gerüche, und wir erreichten das freie Feld. Wir setzten uns an den Wegrand, atmeten das vom frühen Tau duftende Gras und sahen auf den Mond, der hinter den flüchtig vor ihm herziehenden Wolken am Himmel hinaufglitt. Rechts von uns begann die Vorstadt: kleine Häuser mit gepflegten Vorgärten, in denen ausgesuchte Rosen dufteten. Links in einiger Ferne, aber für unsere vom Unglück geschärften Sinne erkennbar, lag der Geröllhaufen, unter dem man uns hervorgezogen hatte, uns zwei und die andern.

Gerettet, sagte mein Kamerad und sah mich nicht an. Wir wußten, so, wie wir gelebt hatten, konnte von Rettung nicht die Rede sein. Was hinter uns lag, das steckte in uns. Da half kein Röntgenbild, kein medizinischer Befund. Das tödliche Limit war erreicht, nur die Wirkung war noch nicht erkennbar. Wir jammerten nicht, aber insgeheim fragten wir uns: Wieviel Gift verträgt ein Mensch, ohne daß er daran stirbt? Und wann, wenn es schließlich soweit ist, hört er auf, an den Folgen der alten Vergiftung gestorben zu sein? Ab wann hat er wieder eine Chance, einen richtigen Tod, einen Unfall-, Herz-, Krebs-, Kriegstod, zu sterben? Von wann an ist er wieder ein normaler Mensch?

An einem der nächsten Tage suchte ich meine Mutter auf. Sie wohnte abseits in einem kleinen Ort, war schon seit Jahren gelähmt und hatte unserem Empfang daher nicht beiwohnen können. Ich schob sie in ihrem Rollstuhl auf die Terrasse und hockte mich auf die Brüstung. Angelegentlich sah ich auf meine Füße, die in neuen, hellen Turnschuhen steckten. Man hatte uns nach unserer Rettung ausstaffiert. Die weichen, glänzenden Stoffe waren in Mode. Sie schmiegten sich an und schlotterten nicht. Kranken, vom Tod Gezeichneten, standen sie gut. Wir waren ja längst wie die Schaufensterpuppen, mit markanten, überdeutlichen Zügen, Fingern, die in ihrer mageren Länge in keinem Verhältnis zur Handfläche standen, und einem Oberkörper, der erst durch das blusig fallende Hemd etwas Menschliches bekam. Wahrhaftig, uns sahen die Mädchen nach. Aber sahen wir sie an, sahen sie weg.

Ich spürte, wie meine Mutter mich ansah. Sie versuchte zu erraten, was mir fehlte. Sie war alt geworden, und ihr Kopf funktionierte nicht mehr gut. Ich schwieg und wartete, ob sie es erriet.

Du bist wieder da, sagte sie schließlich mit ihrer schleppenden Stimme. Ich riskierte jetzt doch einen Blick. Ich wollte wissen, ob sie etwas merkte. Schließlich war sie sehr krank gewesen, hatte dem Tod ins Auge gesehen, mit Schwerkranken zusammengelebt. Sie mußte wissen, wie man aussah, wenn man sich nicht mehr erholte.

Mutters Lähmung vor ein paar Jahren war halbseitig gewesen. Die eine Hälfte des Gesichts war seitdem starr, glatt, aufgedunsen. Die andere Seite war eigentlich intakt, wovon aber keine Rede sein konnte, da man sie immer nur im Zusammenhang mit der anderen Seite sah. Ihre Mimik war entsprechend eingeschränkt. Meist machte sie einen gleichmütigen, starken, etwas unbeweglichen Eindruck.

Auch jetzt regte sich nichts in ihrem von der Lähmung seltsam verschobenen Gesicht. Aber plötzlich rollte eine helle, durchsichtige Träne über die aufgedunsene Backe und machte Anstalten, auf die Bluse zu fallen. Das ging rasch und geschah ganz ausdruckslos, da das Gesicht nicht mitweinte. Hätte es auf ihrer Brust nicht einen kleinen nassen Fleck gegeben, ich hätte schon im nächsten Augenblick nicht mehr an die Träne geglaubt.

Ich weiß nicht, ob sie überhaupt merkte, daß sie weinte. Jedenfalls machte sie sich nicht die Mühe, das Gesicht abzuwischen. Sie schämte sich nicht, sie war nicht ärgerlich. Vielleicht merkte sie nichts. Sie saß einfach nur da und ließ die Träne kullern.

Du bist wieder da, sagte sie noch einmal in ihrer verlangsamten Art. Mit der gesunden Hand strich sie mir über den Kopf.

Ich spürte ein scharfes Brennen im Hals, kauerte mich zusammen und schluckte. In Sekundenschnelle hatte ich mir klargemacht, daß sie meine Mutter war und daß sie mir nicht helfen konnte, trotz ihrer zarten, pergamentenen Hände.

Im Prinzip hätten wir jeder bei sich zu Hause schlafen können, aber abends fanden wir uns wie auf Verabredung zusammen. Wir logierten immer noch in dem Krankenhaus, in das sie uns nach unserer Rettung eingewiesen hatten, saßen stundenlang auf den Betten und fanden keinen Schlaf. Morgens sahen wir an den beredten Blicken der ausländischen Putzfrauen, daß unser Verfall voranschritt. Nach den Laboruntersuchungen strebten wir hastig auseinander, jagten den verschiedensten Beschäftigungen nach. Am meisten Schwierigkeiten machte uns das Essen. Als wir noch verschüttet waren, hatten wir von Speisen geträumt, daß uns der Duft in die Nase stieg. Da war uns von den lieblichen Gerüchen, von der Vorstellung des Essens nie übel geworden. War es der Realismus des Magens gewesen, daß er wußte, es hatte keine Gefahr? Jetzt verursachte uns schon der bloße Gedanke an diese Genüsse herzbrechende Übelkeit. Gleichzeitig blieb uns der Duft in der Nase. Ich hätte mein Leben gegeben, einmal essen zu können, wovon ich immer noch träumte, und ohne daß mir schlecht wurde.

Abends trafen wir ein, setzten uns auf das Bett und warteten, daß es spät würde. Es war nicht so, daß wir gern zusammen waren, und schon gar nicht waren wir eine verschworene Gemeinschaft. Zwar war es erleichternd, sich nicht zusammennehmen zu müssen, obwohl von Gehenlassen nicht die Rede sein konnte. Andererseits fand ich es unangenehm, in so viele kranke Gesichter zu blicken. Keineswegs hatten wir Mitgefühl füreinander. Wir kannten das zu gut, woran wir litten, jeder von uns, um noch Verständnis zu haben. Und wir hatten uns nichts zu sagen. Früher hätte ich es nicht für möglich gehalten, daß man aus einem Unglück nichts lernt. Daß man so gar keine Erkenntnis daraus gewinnt, so gar keine Lehre. Aber genauso war es. Weder lebten wir inniger zusammen, noch sahen wir gemeinsam mit veränderten Augen auf das Leben um uns. Wir waren ausgestoßen, das merkten wir am Tage, und das trieb uns abends wieder zusammen. Aber weder kümmerten wir uns deswegen mehr umeinander, noch gelangten wir zu irgendeinem Urteil über die andern. Nie wären wir auf die Idee gekommen, sie zu kritisieren.

Dabei gingen wir nicht blind durch den Tag, natürlich nicht. Wir sahen manches, was uns kränkte - sonst wären wir ja abends nicht zurückgekommen. Und wir sahen manches, was uns bis in in den Schlafsaal, bis in unsere unruhigen Träume hinein verfolgte. Da wir nicht mehr Herr waren über das, was mit uns geschah, waren wir den verschiedenartigsten Eindrücken vollkommen hilflos ausgeliefert. Wir waren ohnmächtig, und wir verstanden nichts. Wir sahen zum Schluß nur noch die Bilder. Und so gleichgültig sie uns in der Mehrzahl der Fälle ließen, da es eben nur Bilder waren, eine gleichgültige Reihe sich abwechselnder Impressionen, so unvorbereitet, verhängnisvoll traf es uns, wenn diese Bilder plötzlich bis zu uns durchdrangen und wir zugeben mußten: Das ist es, das hätte ich auch gern gewollt!

Das geschah mit einer Szene aus einem Fußballspiel, die in vielfacher Wiederholung gezeigt wurde. Nach einem Tor fiel sich die Mannschaft um den Hals. Sie sprangen förmlich an dem glücklichen Schützen hinauf und zerstrubbelten ihm das Haar in brüderlichem, zärtlichem Übermut. Immer wieder sah ich es vor mir, wie sie ihm das Haar zerstrubbelt hatten, und es tat mir weh. Mit baumelnden Beinen saß ich auf meinem Bett, starrte in die hohlen Gesichter ringsum und wich den Blicken aus. Wieder sah ich, wie sie auf ihn zugesprungen waren, die Mannschaft auf ihren glücklichen Helden. Sie waren ihm förmlich auf die Hüfte gesprungen, einer von vorn, einer von hinten. Mit ihren Beinen hatten sie sich an ihm festgeklammert, daß er wankte, und dabei hatten sie den Schwung der Anprallenden balanciert. Sie hatten ihn umhalst und ihm mit beiden Händen das Haar zerstrubbelt. Immer wieder sah ich das, wie sie auf ihn zusprangen und ihn zausten.

Ich betrachtete meine Kameraden. Die meisten hockten auf ihrem Bett. Das eilige Umhergehen, das rettungsuchende, rastlose Umhergehen, hatten wir uns abgewöhnt. Wir konnten stundenlang sitzen. Für einen Fremden wären wir kein uninteressanter Anblick gewesen, im Gegenteil: so viele Männer in einem Schlafsaal und so wenig Unordnung, Verwahrlosung, Männergeruch! Ich war kein Fremder, und mir ging es anders. Ich kannte jeden einzelnen von meinen Kameraden so gut wie mich selbst. Wir hatten zusammen überlebt. Wir hatten uns gestritten. Wir hatten uns alles erzählt. Wir hatten alles mitangesehen. Jetzt saßen wir uns gegenüber, verzweifelt, zergrübelt, stumm, die Streichholzbeinchen baumelnd in den feinen Stoffen, die knochigen Finger in die Schaumstoffmatratzen gestemmt. Ich sah sie an und wußte, das waren meine Kameraden. Aber nie im Leben wäre ich auf sie zugegangen oder hätte sie gar mit einer großen Bewegung zusammengeholt. Und schon gar nicht wäre ich an ihnen hinaufgesprungen und hätte ihnen mit beiden Händen das schüttere Haar zerstrubbelt. Nie im Leben hätte ich so etwas gemacht. Nicht ums Verrecken.

Verbannt

Es fängt immer damit an, daß man etwas entdeckt, was im Grunde ganz unscheinbar ist. Ich hatte schon etliche Reisen ins Überirdische gemacht und wußte die Zeichen zu deuten. Aber als es diesmal soweit war, war ich wie blind. Eine Unruhe, eine undefinierbare Besorgnis, hielt mich seit Tagen gefangen. Zum ersten Mal dämmerte es mir, daß es noch andere Katastrophen gab, Unglücksfälle von unscheinbarer, grausamer Banalität. Es war mir, als hätte der Boden unter meinen Füßen seine Festigkeit verloren, als wäre es irgendwie unsicher, luftig geworden da unten. Ich hatte keinen anderen Wunsch als den, daß dieses Gefühl, das ich unschwer als eine Lebenskrise identifizierte, sich wieder legte. Ich wollte nichts lieber, als daß alles beim alten blieb. Und schon gar nicht wollte ich weg.

Es geschah wie immer morgens beim Rasieren. Als ich das Zeichen entdeckte, blieb ich zunächst ganz ruhig. Ich klopfte meinen Apparat über dem Waschbecken aus und steckte die Klinge ins Reinigungsbad. Dann wusch ich mir sorgfältig die Hände, fuhr mir mit den nassen Fingern ein paarmal durch die Haare, damit sie sich besser kämmen ließen, kämmte mich, warf einen prüfenden Blick in den Spiegel und nahm dann erneut das Zeichen in Augenschein.

Es war ein kleiner brauner Fleck auf - oder unter - dem Daumennagel.

Zuerst hielt ich den Fleck für das Anzeichen einer ernsthaften Erkrankung. Ich war ja nicht dumm. Ich wußte, was tödlich war.

Donnerwetter, dachte ich, jetzt hat es dich erwischt!

Ich besah mir die Stelle genauer, oder vielmehr ich hätte es getan. Aber erstens kannte ich die Krankheit nur aus dem

Buch und wußte gar nicht, worauf ich hätte achten müssen, und zweitens war ich nicht einmal imstande zu erkennen, ob der verdammte Fleck nun eigentlich auf oder unter dem Daumennagel saß. Immer wenn ich einen Augenblick angestrengt hingesehen hatte, fühlte ich, wie meine Augen vor Überanstrengung starr wurden. Dann zwinkerte ich, um die Achsen zu entspannen, wartete ab, bis der trübe Schleier vom Zwinkern sich hob, sah noch einmal genauer hin und war schon wieder überanstrengt.

Wie ich einen Augenblick innehielt, kam mir die Stille zu Bewußtsein, und mit der Stille kam mir der Gedanke, es könnte mit dem Fleck ganz etwas anderes auf sich haben, etwas Bekanntes, Vertrautes. Ich schüttelte mich unwillkürlich, so als wäre mir eine Spinne über den nackten Arm gelaufen. Dann zog ich mich wieder aus und machte mich planmäßig an die Untersuchung. Was ich zu sehen bekam, vertrieb noch die letzte Unsicherheit. Es gab keinen Zweifel: ich war gesprenkelt wie ein Löwenjunges. Bald würden die Flecken ineinanderlaufen, und wenn ich es erst einmal so weit kommen ließ, dann wurden Mechanismen in Gang gesetzt, über die waren wir alle nicht Herr.

Beim ersten Mal hatte ich es so weit kommen lassen. Nicht aus Tollkühnheit oder Bosheit, sondern aus Unkenntnis. Bei Nacht und Nebel hatten mich gute Freunde, Feinde von Selbstgerechtigkeit und Lynchjustiz, aus dem Haus geholt und mich zum Flughafen transportiert. Von dort wurde ich zur nächsten Basis geflogen und mit einer Rakete in die Umlaufbahn der Sonne geschossen. Ich nicht allein, natürlich nicht, eher als begleitendes Gepäckstück, als Passagier oder Gefangener, zu Forschungszwecken vielleicht oder zu Tötungszwecken - gewiß war das damals alles noch nicht. In der Umlaufbahn angekommen, holte man mit großen Hohlspiegeln die Sonne herein, in einen kleinen, abgetrennten Raum, wo sie mich auf eine gut reflektierende Unterlage gelegt hatten, damit nichts von den kostbaren Strahlen verlorenginge, und mich einer Bestrahlung aussetzten, die jeden anderen getötet hätte und die mich heilte.

Das war aber das Wunder, über das mir kein noch so gewissenhaftes Nachdenken Aufklärung verschaffen konnte. Wie kam es, daß ich unter der tödlichen Dosis gedieh, und wie war man darauf gekommen?

Beide Fragen ließen sich freilich auch trivial beantworten. Es gab ja Erkrankungen, vorzüglich der Haut, die behandelte man mit Strahlen. Vielleicht erinnerte meine Krankheit an sie, vielleicht war sie nur schlimmer, und man behandelte sie deshalb mit einer entsprechend höheren Dosis. Wobei, ehrlich gesagt, in dieser Relation doch das Wunderbare steckte. Die Dosis, der man mich aussetzte, war eben unverhältnismäßig hoch und die Lichtquelle im Grunde gar nicht dosierbar. Niemand hatte es vorher wissen können, wie das Experiment ausgehen würde. Jeder hätte auf Befragen zugeben müssen, daß er bei dem Versuch, mir zu helfen, mein Leben riskierte.

Es gab noch ein paar versprengte Vermutungen, die mir weitergeholfen hätten, wären sie nicht so unwahrscheinlich und zugleich so bedrohlich gewesen. Was diese Vermutungen betraf, so gab es keine allgemeine wissenschaftliche Ansicht darüber. Man wußte nicht einmal, ob überhaupt nur die oberflächlichsten Fakten zutrafen, das heißt, ob es diese Fakten auch gab, und nicht nur, ob sie auch richtig gedeutet wurden. Dazu gehörte vor allem das hartnäckige Gerücht von der Existenz außerirdischer Lebewesen. Es gab außerordentlich exakte Beschreibungen von ihnen, und man hätte diesen Beschreibungen allein schon wegen ihrer eindrucksvollen Exaktheit Glauben geschenkt, könnten wir, die Kinder des Abendlands, nicht auf eine ebenso eindrucksvolle Tradition exakter Lügenmärchen zurückblicken, wäre nicht gerade die Präzision und Exaktheit bei uns ein definierendes Merkmal der Lüge, des Vorurteils, der Unterstellung, der Angst - und eine nur mehr zufällige Begleiterscheinung der Wahrheit. Es nützte also wenig, daß uns der eine oder andere Raumfahrer den vermeintlichen Ureinwohner, den er auf einem der Planeten angetroffen haben wollte, in allen Einzelheiten schilderte. Seine Begegnung konnte ebensogut erdacht sein wie erlebt. Sie konnte phantasiert sein unter dem Eindruck einer verzweifelten Stille, wie sie dort oben herrschte. Und es mochte sein, daß die Wahrheitsproblematik sich dem Urteil des Berichtenden durchaus entzog. Ich hatte nie allzuviel auf diese Berichte gegeben, was nicht heißen soll, daß ich sie ganz einfach nicht glaubte. Im Gegenteil! Nie hätte ich mich zu einer so entschiedenen Ansicht verstiegen. Nur, mir sagten diese Geschichten nichts. Sie erhitzten mir nicht das Gemüt. Sie polarisierten mich nicht, wenn ich das einmal so ausdrücken darf. Sie stellten mich nicht entweder auf die eine oder die andere Seite der Menschheit. Ob es draußen Menschen gab oder nicht, Lebewesen, das ließ mich kalt. Ich war hier unten immer beschäftigt gewesen, ich hatte immer zu tun gehabt, und was vielleicht entscheidender war, ich fand auch hier unten immer noch viel zu entdecken.

Es gab also keinen Grund, sich außerirdisch umzusehen, es hätte nie einen Grund gegeben, hätte ich nicht an dieser periodisch wiederkehrenden Beeinträchtigung gelitten, die mich aussonderte unter den Menschen und mich in einen unverständlichen Gegensatz zu mir selbst brachte. Sie kam mir immer wieder dazwischen. Sie katapultierte mich hinaus aus dem gewohnten Trott, an dem ich von allein nie etwas auszusetzen gefunden hätte. Sie warf mir förmlich Felsbrocken in den Weg, daß ich mit meiner harmlosen, unbefangenen Anpassungsbereitschaft wie ein Trottel dastand. Sie machte mich zum Komplizen jener raumfahrtsüchtigen Halbwüchsigen, denen ich immer übel nachgeredet hatte, sie müßten sich mit ihren Weltraumabenteuern schadlos halten für ihr Versagen, ihre Einfallslosigkeit und Schüchternheit hier unten. Jetzt mußte ich sie auf ihren Flügen begleiten, und obwohl ich allein schon wegen meiner isolierten Sonnenbäder im Grunde wenig Kontakt mit ihnen hatte, lernte ich den Grund ihres unstillbaren Heimwehs nach dem Weltraum verstehen und verstand, daß sie, einmal mit diesem Heimweh imprägniert, auf der Erde keine Befriedigung mehr fanden.

Jetzt war es also wieder soweit. Es paßte mir, wie gesagt, schlecht. So ein Unternehmen ist mehr als bloß eine Reise. Die Vorbereitungen, wenn alles angemeldet und ordnungsgemäß abgewickelt wird, nehmen viel Zeit in Anspruch. Die

Quarantäne hinterher, wenn alles glücklich überstanden ist, nicht weniger; denn schließlich wollen wir uns ja nicht etwas einschleppen, wie der Sanitätsbeauftragte immer erklärt. Die Quarantäne oder Entlausung, wie sie im Fachjargon heißt, ist hinsichtlich ihrer körperlichen und seelischen Belastung nicht zu unterschätzen. Und dann gibt es auch noch den Flug, und wenn er sich auch merkwürdig unscheinbar, merkwürdig eingeklemmt zeigt zwischen den Vorbereitungen und der sogenannten Entlausung, so ist er doch nicht zu unterschätzen. Das ganze Unternehmen ist nicht zu unterschätzen. Auch wenn eigentlich gar nichts daran ist, wenn der Ärger der einen Phase den Ärger der anderen Phase erschlägt, wenn die ohnmächtige Wut über den Schneckengang der anmaßenden Bürokratie förmlich aufgetrocknet wird von der verzweifelten Isolation im Raum und diese Verzweiflung schließlich im Koller der Quarantäne verbrennt, so schafft doch das ganze Unternehmen Fakten, die nicht rückgängig zu machen sind. Nie, zum Beispiel, habe ich es erlebt, nicht ein einziges Mal, daß eine meiner Liebschaften eine solche Unterbrechung überstanden hätte. Jede, die kaum begonnene ebenso wie die alte, erprobte, ist an dieser Klippe gescheitert, hat an diesem Hindernis ihr unausweichliches Ende gefunden. Es war, als ob der Begriff der Treue, angewandt auf meine ebenso häufigen wie im je einzelnen Fall beglückenden Liebesverhältnisse, durch meine unfreiwilligen Reisen ad absurdum geführt würde. Tatsächlich verlor er jeden Sinn.

Ich begann die Untersuchung von neuem, prüfte den Durchmesser der Flecken, ihre Anzahl, ihre «Reife». Sie haben tatsächlich so etwas wie Stadien der Entwicklung, äußere Stadien, zu denen Durchmesser, Anordnung und Häufigkeit gehören, und innere Stadien, die - wenn ich das einmal wissenschaftlich exakt ausdrücken darf - mit der spezifischen Dichte, dem «Sträubungsgrad», des einzelnen Fleckens zusammenhängen, dem Grad seiner dermatologischen und psychischen Reizung, der Art, in der er sich reizbar, pelzig, gesträubt über der glatten Haut erhebt. Da mag es mit dem Ausschlag noch gar nicht weit her sein, was seine Ausdehnung betrifft: wenn von innen, aus der Mikrostruktur des einzelnen pelzig gesträubten Fleckens, das Signal «unerträglich» erfolgt, dann ist alles vorbei. Dann vergesse ich meine Pläne, meine Vorsätze und Aussichten. Dann vergesse ich meine Abenteuer und meine Frau. Dann will ich nur noch gesund werden, und Erfahrung lehrt mich, wie ich gesund werden kann.

Ich unterbrach die Untersuchung und bedachte den Befund. War das Signal schon erfolgt? Hatte sich das unerträgliche Gefühl schon eingestellt, dieses Gefühl, wenn sich dir die Haut im Wortsinne sträubt, daß die glatte Oberfläche zerreißt und, so als läge das Entwicklungsschema immer schon verborgen in dir bereit, eine neue Außenseite entsteht, ein Pelz, eine räudige, sträubige, eine gereizte, gerötete Haut? Keineswegs. Wie sollte es auch? Ich hatte den Schlamassel ja gerade erst entdeckt. Aber schon wandte ich meine Aufmerksamkeit weg von den Gegenständen, die ich liebte. Schon verlor ich die Lust, die Zeit, die mir blieb, noch zu nutzen. Schon sammelte ich alle Kräfte für den Moment, wo «es» unerträglich würde. Schon dachte ich an die Formalitäten, den Fahrplan, die Anmeldungsfristen. Schon packte ich in Gedanken meinen Koffer und überlegte neugierig, ob mir diesmal nicht etwas einfiele, womit ich die Unzuträglichkeiten mildern und die mir nun schon vertraute Reise angenehmer gestalten könnte.

* * *

Ich bin diesmal nicht in den Weltraum gekommen. Ich habe es nicht geschafft. Ich bin in den Maschen der Bürokratie hängengeblieben. Ich bin den amtsärztlichen Bürokraten zum Opfer gefallen, den Möchtegernpolizisten, den Ordnungshütern auf dem Feld der gesellschaftlichen Gesundheit. Ich habe mich aus einem Kranken in einen Delinquenten verwandelt, in einen potentiellen Straftäter, in eine Gefahr für die Menschheit. Ich bin zu einem Verwahrungsfall geworden, zu einem Aufsichts- und Bewachungsfall. Ich werde rund um die Uhr bewacht. Nicht daß sie mir Salbe zur Linderung meiner unerträglichen Reizungen verweigerten, nein. Davon kann ich haben, so viel ich will. Aber meinen Heilungsanspruch haben sie mir bestritten. Mein Heilungsbegehren haben sie nicht ernst genommen. Sie pflegen mich, aber sie heilen mich nicht. Es ist ihnen egal, ob ich krank bin. Aber sie halten mich für gefährlich.

Sie sagen, ich bin gar nicht krank. Aber warum haben sie mich dann in Quarantäne gesteckt? Ich kenne die Quarantäne von meinen Flügen her. Aber ich hätte nie gedacht, daß die Anlagen so weitläufig sind, mit Sicherheitszonen und Schleusen. Und innen drin alles steril, nichts, was nicht absolut operationssteril wäre, was nicht ebensogut nach draußen gelangen könnte. Aber warum dann die Schleusen?

Ich bin zwar noch nicht zu dem rechten Überblick gelangt, aber ich denke, ich bin hier ganz allein. Ich und ein bißchen Freizeitkleidung von diesem absolut blendenden Weiß, das jede Wanze den lauernden Blicken als schwarzes Ungetüm preisgibt. Ich in kurzen weißen Shorts, in weißem, durchbrochenem Hemd und weißen Plastiksandalen. Ich mit einer pelzigen, dunklen, gesträubten Haut, deren Verfall unter den verzweifelten Bedingungen meiner neuen Lebensweise beängstigende Fortschritte gemacht hat. Ich, also, in kurzem, knappem, nur andeutungsweise vorhandenem Weiß auf dunklem, in der Tiefe entzündlich gerötetem Grund.

Wie war ich hierhergekommen? Wie hatte es sich gefügt, daß alles, was bislang immer für mich gesprochen, mich in meinem Hilfsbegehren unterstützt hatte, nun auf einmal dazu geführt hatte, daß man mir mißtraute? Im Handumdrehen hatte ich alle menschliche Zuwendung verloren und stand allein, ein Gegenstand der kriminologischen Neugier, der menschenverachtenden Forschung, ein Fall für Meßinstrumente und Überwachungsapparate.

Offenbar hatte man meine Krankheit diesmal ernst genommen (so als hätte man das früher nicht getan, als man mich immerhin in den Weltraum schoß und mich den hitzigsten Strahlen aussetzte). Aber warum? Warum nahm man mich diesmal ernst oder nahm mich jedenfalls in einer anderen Weise ernst als bisher? Hatte die Wissenschaft Fortschritte gemacht, die mir nicht bekannt geworden waren? Hatte man Fälle von Ansteckung erfaßt, jetzt auf einmal, nachdem es immer geheißen hatte, Ansteckung sei jedenfalls nicht zu befürchten? Freilich, man hatte immer darauf beharrt, daß man meine Krankheit im Grunde nicht kenne. Daß man sie im Grunde noch gar nicht erforscht habe, daß man ihre Ätiologie nicht aufgedeckt, ihren Zusammenhang nicht begriffen, ihr Entstehungsmuster, ihr ganzes Schema nicht begriffen habe. Aber man hatte immer darauf hingewiesen, daß es genug ähnliche Krankheiten gab - über deren Kenntnis man indessen auch nur auf Grund einer breitgestreuten Erfahrung, nicht dank theoretischen Wissens, verfüge -, um sich von meiner Krankheit ein hinreichend verläßliches Bild zu machen. Hinreichend verläßlich, das hieß, die Ansteckungsgefahr einschätzen und die Symptome beseitigen können. Beides traf in meinem Fall zu. Ich hatte nie jemanden angesteckt, und ich war immer gesund geworden.

Jetzt auf einmal galt das alles nicht mehr. Jetzt wurde meine Krankheit ernst genommen. Jetzt vermutete man in mir ein unerhörtes Ansteckungspotential. Ich war eine Gefahr. Ich war nicht mehr tragbar. Und meine Freunde? Meine Frau? Hatte man sie auch eingesperrt? Hatte man meine Kontakte rekonstruiert? Hatte ich sie reingelegt? Saßen wir alle in derselben Falle? Aber wo waren sie dann?

Ich sah mich um. Diese Anlagen waren weit davon entfernt, einen bewohnten Eindruck zu machen. Ich hörte nie eine Stimme, kein Geräusch. Nur manchmal gingen sie außen lachend vorüber, verständigten sich durch Zuruf. Wie eigentlich mein Essen herangeschafft wurde, kann ich nicht sagen. Ich hatte mir immer einen dieser handlichen kleinen Wagen mit dicker Gummibereifung vorgestellt, wie sie auf Flughäfen Verwendung finden. Aber ich sah nie einen. Jeden Tag wurde mir mein Essen auf einem zugedeckten Tablett unter dem Plastikzaun durchgeschoben. Es war jeweils die Ration für den ganzen Tag. Dabei konnte ich beileibe nicht sagen, das ist das Frühstück, das ist das Mittagessen, und das nehme ich zum Kaffee. Es war nicht einmal richtig zubereitet. Dafür war alles verpackt. Bei manchem war ich sogar unsicher, ob es sich nun um ein Getränk oder um eine feste Speise handelte. Es hielt sich ungefähr in der Mitte. Nichts war so, daß ich hätte sagen können, das kenne ich schon, das mochte ich zu Hause immer am liebsten, oder, da wurde mir schon schlecht, wenn meine Mutter es nur auf den Tisch brachte. Am ehesten erinnerte es mich noch an unsere Raumfahrermenüs. Offenbar war es nach den neuesten Erkenntnissen zusammengestellt. Hätte ich nur gewußt, worauf diese Erkenntnisse sich bezogen!

Vielleicht wäre ich von allein daraufgekommen, wäre ich nicht so ahnungslos gewesen, so vertrauensselig, so blind wie ein Kind. Aber selbst im Rückblick geht mir kein Licht auf. Da ist nichts, was ich übersehen habe, nichts, was ich in Kenntnis des Resultats als ein untrügliches Zeichen, einen Fingerzeig hätte auffassen können. Ich bin nicht verblendet gewesen, keineswegs. Ich habe nicht geschlafen. Ich war wachsam, aufmerksam, mißtrauisch. Ich lauerte nach dem kleinsten Zeichen. Aber es gab kein Zeichen, nichts, worauf ich mir hätte einen Vers machen können. Nichts, was mich gewaltsam, wirkungsvoll distanzierte.

Sie haben mich distanziert. Sie haben einen Schnitt gemacht zwischen sich und mir. Sie haben mich auf die andere Seite gestellt. Aber hätten sie das nicht getan, wäre da nicht dieses Kommuniqué, diese Diagnose, ich fände noch heute nichts an mir, was mich von ihnen unterscheidet.

Nichts? Das kann sich keiner denken, wie man sich fühlt, wenn man krank ist. Wie das distanziert, wenn sich einem die Haut sträubt, wenn die schützende Außenseite reißt und das entzündliche Innere sich nach außen kehrt. So eine Krankheit isoliert. Das braucht keine Frage. Und sie fühlt sich von innen ganz anders an als von außen.

Hat das Pelztierchen schon zu fressen gekriegt? hörte ich jemanden fragen, der zusammen mit einem andern am Zaun vorbeiging. Pelz, sagte er, so als wäre ich gar nicht krank, so als hätte ich bloß eine andere Sorte Haut, vielleicht ein Fell wie die Tiere. Er wußte ja nicht, wie unangenehm diese andere Haut war. Er wußte ja nicht, wie das innerlich piekte.

Heute morgen nun, gleich nachdem ich meine erste Mahlzeit zu mir genommen hatte, bekam ich Besuch von einem dieser Herren im weißen Kittel, die die Apparate für gewöhnlich von außen bedienen und die Computerstreifen mit den Daten meiner Körperfunktionen abreißen. Er kam ohne alle Umstände herein und gab mir sogar die Hand.

Oh, sagte ich und verstand sofort. Sie befürchten keine Ansteckung mehr!

So ist es, sagte er. Von diesem Verdacht, wenn ich das einmal so nennen darf, sind Sie restlos befreit.

Was nicht heißt, fügte er mit jugendlichem Grinsen hinzu, daß ich nach Beendigung dieses Besuchs nicht in ein Reinigungsbad gesteckt werde, das mit Sicherheit auch noch die letzten Schuppen entfernt.

Dann kann ich also gehen, sagte ich erfreut.

Nein, sagte er.

Das heißt ja, sagte er, natürlich können Sie gehen. Sie sind frei. Wir halten Sie nicht länger zurück. Niemand wird Ihnen mehr Schwierigkeiten machen. Morgen startet von Cape Fort eine Rakete. Die nimmt Sie mit.

Dann ist also alles wieder wie früher? fragte ich. Weiß der Himmel, woran ich merkte, daß keineswegs alles so wie früher war.

Er schüttelte den Kopf.

Nein, sagte er, diesmal ist es endgültig.

Was soll das heißen?

Das soll heißen, daß unsere Astronauten Anweisung haben, Sie oben abzusetzen. Sie haben strengste Anweisung, Sie nicht wieder mit zurückzubringen. Es ist das beste für Sie, wenn Sie oben bleiben. Sie sehen ja selbst, daß Ihnen der Aufenthalt hier bei uns nicht bekommt, und außerdem gehört es zu den Grundsätzen unserer Regierung, daß wir zu allen uns bekannten Völkern friedliche Beziehungen auf der Basis strikter Rassentrennung unterhalten.

Nein, nein, wehrte er ab, als ich etwas sagen wollte - übrigens etwas ganz anderes, als er dachte -, das ist kein Rassismus, das hat mit Rassismus gar nichts zu tun. Es entspringt nur der Einsicht, daß unsere Möglichkeiten, Konflikten zu steuern, äußerst begrenzt sind und wir daher alles Menschenmögliche tun müssen, um Konflikte zu vermeiden.

Ich sah ihn verständnislos an. Was hatte das mit meinem Fall zu tun? In was für eine Falle war ich da geraten?

Warum sagen Sie mir das? fragte ich. Was habe ich mit der Rassentrennung zu tun?

Weil Sie, sagte er sanft, nicht von hier sind.

Alle Untersuchungsergebnisse, sagte er, deuten darauf hin, daß Sie nicht von hier sind.

Er sah mich bedeutungsvoll an.

Ich sah an mir herunter, sah auf meine nackten Arme, auf meine nackten Beine. Wie Schwären hob sich die pelzig entzündete Haut ab von dem blendenden Weiß meiner Shorts.

Ach so, sagte ich, Sie meinen das.

Ja, sagte er, das meinen wir.

Ich schwieg. Meine Haut redete ihre eigene Sprache. Da half kein Argument. So sehr hatte sich während der Quarantäne ihr Zustand verschlimmert, daß ich selbst nicht mehr wußte, woran ich war. Aber etwas stimmte nicht. Ich wußte nur noch nicht, was. Etwas war faul an der Geschichte. Hoffentlich ging der Mann nicht, bevor ich darauf kam! Ich stützte den Kopf in die Hände und schloß die Augen, um meine Haut nicht zu sehen. Ihr Anblick störte mich beim Nachdenken. Sie war schuld, wenn ich nicht herausbekam, wo der Fehler lag.

Der andere war fair, das muß ich sagen. Er drängte mich nicht. Er redete nicht auf mich ein. Er störte mich nicht beim Nachdenken. Er ließ mir Zeit. Er wußte, daß man eine gewisse Zeit braucht, um einen Schock zu verkraften. Er wußte nicht, daß ich alle meine Kräfte anspannte, um den Fehler zu finden.

Ich fand ihn.

Ich hob den Kopf und setzte mich ordentlich hin.

Es tut mir leid, sagte ich so ruhig wie möglich, aber Sie haben sich geirrt.

Er lächelte.

Sie haben sich geirrt, sagte ich. In Ihrem System ist ein Fehler.

Er lächelte.

Nein, sagte er, wir haben alles mehrfach geprüft.

Ich kann Ihnen gar nicht sagen, sagte er, wie oft wir alles geprüft haben. Das Resultat war immer dasselbe.

Aber der Fehler, den Sie gemacht haben, hat mir Ihrem Resultat gar nichts zu tun! Es ist ein methodischer Fehler, ein Systemfehler, und er ist ganz einfach.

Sehen Sie, Sie haben meine atypische Haut untersucht, und Sie sind zu weitreichenden Ergebnissen gekommen. Innerhalb Ihrer Hypothese sind diese Ergebnisse sicher richtig. Ich käme nie auf die Idee, sie anzuzweifeln.

Er lächelte selbstgefällig.

Aber Sie haben nicht bedacht, sagte ich, daß ich im Weltraum immer geheilt werde. Daß ich als normaler Mensch aus dem Weltraum zurückkehre. Daß die Sonnenstrahlen alles zum Verschwinden bringen, was mich von den andern unterscheidet. Das haben Sie nicht bedacht.

Er lächelte immer noch.

Lassen Sie mich noch einmal die Kur mit der Sonne versuchen! rief ich erregt. Sie werden sehen, bei meiner Rückkehr sagt keiner mehr Pelztierchen zu mir.

Nun hören Sie mir einmal gut zu, sagte er und legte mir sogar den Arm um die Schultern.

Kein Mensch, sagte er, das heißt keiner von uns, keiner von den Wissenschaftlern, die an diesem Projekt beteiligt sind, hält Sie für ein Tier. Über diese Mythen sind wir hinaus. Wir glauben nicht an das Märchen vom Wolfsmenschen. Wir meinen nicht, daß das andere, Fremde, sich durch eine drastische Abweichung im Aussehen zu erkennen gibt. Daß man das andere an der drastischen Abweichung erkennt. Das Gros unserer Bevölkerung freilich ist davon überzeugt, und wir brauchen uns nicht einzubilden, daß es uns jemals gelingen wird, diese Überzeugung auszurotten. Für das Gros unserer Bevölkerung werden Sie von einem anderen Planeten sein, aus dem einzigen Grund, weil Ihre Außenseite sich drastisch unterscheidet. Sie werden ein Mythos werden, ein unumstößlicher Beweis dafür, daß auf den anderen Planeten die Leute wie Pelztiere aussehen. Selbst wenn wir Sie bei Nacht und Nebel nach Cape Fort schaffen - und das werden wir tun -, wird diese Gewißheit sich in der Bevölkerung verbreiten. Diese Gewißheit gebe ich Ihnen sozusagen mit auf den Weg.

Warum lassen Sie mich nicht zurückkommen, bat ich. Schaffen Sie mich meinetwegen bei Nacht und Nebel fort, aber lassen Sie mich am hellichten Tag zurückkommen. Laden Sie das Fernsehen dazu ein. Ich stelle mich für jedes Interview zur Verfügung. Wenn Sie wollen, ziehe ich mich vor der Fernsehkamera aus. Ich werde zeigen, wie meine Haut abgeheilt ist. Ich werde den Mythos zerstören.

Er schüttelte den Kopf.

Glauben Sie nicht, fragte ich, daß man die Leute durch den Augenschein überzeugen kann? Glauben Sie, sie werden weiter das Pelztierchen in mir sehen, auch wenn meine Haut glatt und schön ist wie ihre? Bilden Sie sich etwa ein, Sie müßten mich mit Ihrer entsetzlichen Maßnahme vor der Wut der Bevölkerung schützen?

Er schüttelte den Kopf.

Ich glaube nichts, und ich bilde mir nichts ein. Mich interessiert nur, was ich weiß. Und natürlich weiß ich, daß Ihr Hautausschlag - wenn ich das jetzt einmal neutral so nennen darf - eine Bedeutung hat. Und wenn er nicht die Bedeutung hat, die das Volk ihm in seiner mythensüchtigen Begeisterung gibt, dann hat er eben eine andere. Ich verachte die volkstümliche Erklärung nicht, durchaus nicht. Ich versuche sie lediglich mit Hilfe meiner wissenschaftlichen Einsichten zu korrigieren. Mit Hilfe dieser wissenschaftlichen Einsichten bin ich nun aber zu dem Schluß gekommen, daß Ihr sogenannter Ausschlag keineswegs eine originale Eigentümlichkeit, sondern eine Abwehrreaktion, wissenschaftlich gesprochen, eine Immunabwehr ist, die nichts anderes sagt als eben dies, daß Sie nicht von hier sind.

Sie sehen, sagte er vertraulich, so weit auseinander sind die volkstümliche und die wissenschaftliche Erklärung gar nicht. Nur daß die volkstümliche Erklärung die Reaktion für die originale Erscheinung nimmt, und ich sage, dahinter verbirgt sich erst die originale Erscheinung.

Aber meine originale Erscheinung unterscheidet sich doch in nichts von Ihrer! rief ich empört. Wenn ich abgeheilt bin, sehe ich genauso aus wie Sie!

Richtig, sagte er. Aber ich habe ja auch nie behauptet, daß die Abstammung von einem anderen Planeten notwendig Andersheit umgreift.

Nur, setzte er hinzu, wir w i s s e n es nicht.

Was wir aber positiv wissen, ist, daß unser Planet Ihnen jedenfalls nicht bekommt. Und das, zusammen mit jener gewissen Unsicherheit, gibt den Ausschlag.

Machen Sie sich also fertig, sagte er und stand auf. In wenigen Stunden brechen Sie auf. Zu packen brauchen Sie ja nicht groß, es wird alles für Sie besorgt. Aber nutzen Sie die Zeit, um Ihre Gedanken auf die Zukunft zu richten. Denken Sie daran, wie gut Ihnen die Luft dort oben bekommt. Arbeiten Sie an sich, daß Sie eine positive Einstellung zu den Dingen bekommen. Das ist etwas, was wir alle von uns verlangen können.

Als er schon ging, kam er noch einmal zurück.

Wir sind keine Rassisten, sagte er. Wenn wir Rassisten wären, würden wir Sie umbringen und nicht bei Nacht und Nebel nach Cape Fort schaffen, damit Sie von dort in einer hervorragenden Rakete nach Hause gebracht werden. Nein, wir sind keine Rassisten. Wir sind ohne Leidenschaft und ohne Furcht. Wir halten uns an unsere Erkenntnisse. Wir lassen uns von unseren Erkenntnissen unser Handeln vorschreiben. Und in diesem Fall schreiben uns unsere Erkenntnisse vor, Sie wegen einer Unverträglichkeit mit den hiesigen biochemischen Verhältnissen in andere biochemische Verhältnisse zu überführen.

Ich sah ihm zu, wie er zum Plastikpförtchen schritt. Ich machte keinen Versuch, ihn zurückzuhalten. Ich hätte ihn rufen sollen. Spätestens jetzt war es an der Zeit, den Streit zu begraben. Jetzt hätte ich um mein Leben bitten sollen. Aber ich ließ die Gelegenheit verstreichen. Ein kleiner Zweifel hielt mich ab, ein kleiner Gedanke kam mir sozusagen quer, der Zweifel, ob es mein Tod sein würde. Das war keine Hoffnung. Diese Wochen Quarantäne hatten die Fähigkeit zu hoffen in mir zerbrochen. Es war eine Neugier, eine winzige Neugier. Es war eine Neugier, die die Hoffnung schon hinter sich hat. Wie wenn ich operiert werden soll und spitze mich auf den Moment der Betäubung. Ich war neugierig auf den Verlauf. Ich war gespannt. Da die Veränderung, die mir bevorstand, so ungeheuerlich war, nahm ich unwillkürlich an, daß sie ungeheuerlich viel Zeit beanspruchen würde. Wie würde es sein, wenn sie mich da oben auskippten? Wie würden die letzten Zigaretten schmecken, jede Zigarette so lang wie eine Ewigkeit und die letzte Zigarette am längsten? Ich sog den Geruch der letzten Zigarette ein. Ich schnupperte, als dürfte ich diesen Duft schon jetzt nicht vergessen. Ich sah, wie der Mann im weißen Kittel das Plastikpförtchen hinter sich schloß. Ich hob nicht einmal die Hand, um zu grüßen. In meinen Ohren hatte sich ein kleines, aufgeregtes Summen eingestellt. Ich hielt ganz still und lauschte.

Wie sich die Schritte entfernten, bekam ich plötzlich Schwierigkeiten mit dem Lauschen. Ich hörte nichts mehr. Meine Ohren waren leer. Ich setzte mich hin und versuchte an die Zigaretten zu denken. Unzählige standen mir auf dem endlosen Flug bevor. Aber ich roch nichts, und der Flug schien mir kurz. Unter Aufbietung aller Kräfte dachte ich an die letzte Zigarette. Aber ich bekam sie buchstäblich nicht zwischen die Finger.

Da wußte ich, daß auch die Neugier nur eine Phase ist, eine Phase, gut für den Vorabend, wenn noch alles um dich herum vertraut ist, aber nicht hinreichend, um dir den wirklichen «Übergang» zu erleichtern. Und ebenso war es mit den Zigaretten.

Als ich so weit gekommen war, legte ich alle falschen Attitüden ab, kroch in einen Winkel und ängstigte mich. Dann nahm ich Papier und schrieb alles auf. Ich habe die letzte Nacht nicht zum Schlafen genutzt. Morgen beim «Abschied» mache ich eine schlechte Figur.

Fahrkarte zu den Sternen

Ich arbeitete in der zentralen Registratur, saß tagsüber an den ratternden Maschinen, rannte mit klappernden Absätzen in den Waschraum, wenn mir schlecht wurde, und stand dann abends noch stundenlang in der Schlange vor dem Auswanderungsbüro. Ich mußte mich immer wieder anstellen; denn es fehlte immer noch etwas. Ich hatte es aber eilig mit dem Auswandern; denn ich war schwanger, und das war verboten.

Noch sah man es nicht, und ich durfte die vielen hundert Bögen ausfüllen, die meinen Auswanderungsantrag begründeten. Ich schrieb, daß ich mich zu Pionierleistungen berufen fühlte, verwies darauf, daß ich seit Jahren schon in der zentralen Registratur arbeitete, und leitete daraus ein förmliches Recht auf Auswanderung ab. Denn, so schrieb ich, auch im Auswanderungsland ist eine sachgemäße Verwaltung das erste Bedürfnis.

Als ich in der Schlange am Flugschalter stand, wurde mir schlecht. Aber ich schluckte die Übelkeit hinunter. Ich wollte um keinen Preis auffallen. Den Koffer mit der Leibwäsche behielt ich fest in der Hand. Ich setzte ihn nicht einmal ab. Unter meiner Wäsche hatte ich Hemdchen und Jäckchen versteckt. Ich hoffte, sie ließen mich nicht meinen Koffer öffnen, und wenn, dann konnten sie das weiße Zeug zumindest auf den ersten Blick nicht unterscheiden.

Noch in der Raumfähre bändelte ich mit einem jungen Mann an. Das war nicht schwierig. Wir waren ja alle jung, oder jedenfalls ziemlich, und es wurde von uns erwartet, daß wir uns fanden. Er war ein unbeholfener Mensch, jünger als ich, und er hatte keine Chance, sich mir zu entziehen. Er gefiel mir nicht sonderlich. Außerdem war bei Auswanderern immer etwas faul, und man hätte sie lange und sorgfältig beobachten müssen, ehe man sich mit ihnen einließ. Aber ich hatte keine Zeit. Nicht mehr lange, und sie würden alle herausbekommen haben, was bei mir faul war, und zwar ohne große Beobachtung.

Im Sammellager am Ankunftsort verführte ich ihn, und als wir uns in kleinere Gruppen aufteilten, um das unbekannte Land zu erobern, da galt es schon als ausgemacht, daß wir zusammengehörten. Genauso hatte ich es aber haben wollen. Bald gab ich mir nicht mehr die gleiche ängstliche Mühe, meinen beginnenden Bauch zu verbergen.

Mein Kind war das erste, das im fremden Land geboren wurde, und seine Ankunft wurde gefeiert.

Wir hatten es nicht gut getroffen. Das Land war unfruchtbar, und es war nicht leicht, die ersten zu sein. Was uns selbst betraf, so waren wir für unsere Aufgabe nicht eben gerüstet. Man hatte uns nachlässig zusammengestellt. Das notwendige Minimum an Fachkräften war zwar vorhanden, auch die für eine Neugründung erforderliche Breite der Berufsbildung zumindest dem Schein nach gewahrt. Aber man konnte sich des Eindrucks nicht erwehren, daß sachfremde Gründe sich in die Auswahl gemischt, ja den Ausschlag gegeben hatten, so unfroh und verbiestert war von Anfang an das Klima, in dem die Neusiedelung stattfand. Mehr als sonst üblich schienen bei der Zulassung Abschiebungsgründe zum Tragen gekommen zu sein. Vielleicht hatten sie geahnt, daß die Bedingungen hier oben trostlos waren, und die Gelegenheit genutzt. Daß Auswanderung immer etwas von Verbannung an sich hatte, war bekannt, wobei politische Gründe nur in den seltensten Fällen, eher zufällig eine Rolle spielten. Die Politischen wanderten nicht aus. Sie wurden liquidiert. Wo man mit sanftem Zwang nachhalf, das waren die Mißliebigen, die Querulanten, auch ungeliebte Konkurrenten, Dogmatiker, Rechthaber. Wenn es Ihnen nicht paßt, können Sie ja auswandern, war in den Betrieben das Standardargument. Daß dieses Argument auch noch zynisch war, war ebenso bekannt. Denn natürlich konnte nicht jeder, den sein Betrieb am liebsten losgeworden wäre, auswandern. Jeder aber, den man

so weit gebracht hatte, daß er auswandern wollte, kam in die
Auswahl. Hier, bei unserem Haufen, hatte es sich weniger um
die gefährlichen Konkurrenten als um die Mißvergnügten gehandelt, das sah man gleich. Verdrossenheit herrschte.
Machtkämpfe fanden kaum statt. Der brillante Sachverstand,
der erfinderische Geist, das Improvisationstalent fehlten. Da
war niemand, der uns aus unserem permanenten Dilemma befreit, der uns geholfen hätte, die unzähligen Katastrophen zu
überwinden, in die wir am Anfang naturgemäß gerieten.
Niemand, der uns gerade die ersten Jahre - die gemeinhin
nicht nur von Unsicherheit und Angst, sondern auch von
Hoffnungslosigkeit und einem tiefen, bohrenden Heimweh
verdunkelt waren - durch einen Hauch von Abenteuerstim-
mung, einen gewissen unbekümmerten Pioniergeist leichter
gemacht hätte. Es gab keinen, der irgendeinen Vorzug gehabt, der irgend etwas besser gekonnt hätte als irgendein anderer von uns. Wie Nachsitzer waren wir angekommen, nicht
wie Pioniere, und unsere Tätigkeit glich denn auch eher einer
Beschäftigungstherapie als einer auf die Unendlichkeit der
Zukunft berechneten Arbeit. Wir sorgten für uns, natürlich,
wir wollten ja zu essen und zu leben haben. Aber unsere Umsicht war streng auf den Tag begrenzt. Niemand schwang
sich zu einer Initiative auf, deren Früchte erst von der nächsten Generation genossen werden konnten. Selbst zu der einfachsten Vorsorge, zum Beispiel ein Feld brachliegen zu lassen, damit es im nächsten Jahr mehr trug, waren wir nicht
imstande.
Ich sah auf mein Kind und machte mir Sorgen.
Wäre das Kind nicht gewesen, ich hätte ganz gut in diese
Gesellschaft gepaßt. Ich war ja auch nur ein Querulant.
Meine Schwangerschaft war ein Ausdruck meiner äußersten
Unangepaßtheit, meiner ganzen verkorksten Existenz. Dabei
konnte ich noch von Glück sagen, daß das Kind nach mir
kam. Und da sich alle an seine vermeintliche Zeugung erinnerten, faßte niemand einen Verdacht. Ich aber erkannte
deutlich die Spuren des Vaters in dem kleinen Gesicht. Die
Beziehung war in jeder Hinsicht kompromittierend gewesen.

Ich brauchte das Kind bloß anzusehen und wußte sofort wieder, warum ich ausgewandert war.

Ich fand keine Arbeit in meinem Beruf. Das lag nicht daran, daß diese Vorstellung von jeher absurd gewesen wäre, sondern war vielmehr ein Ausdruck unserer ganz besonderen Barbarei. Natürlich hatte ich niemals an eine zentrale, computergesteuerte Registratur gedacht. Aber ich hätte dem Bürgermeister zur Hand gehen können. Ich hätte über Heiraten, Geburten, Sterbefälle Buch führen können ebenso wie über die immer neuen Abspaltungen von Gruppen und Grüppchen, die wegstrebten und sich in größtmöglicher Entfernung von der Hauptniederlassung zu etablieren suchten. Ich hätte eine Einwohnerkartei anlegen können, die Basis jeder noch so bescheidenen Statistik über Entwicklung und Gedeih unserer kleinen Gemeinschaft. Wußte man überhaupt, wie viele wir bei unserer Ankunft waren? Dumme Frage, natürlich wußten wir es, bzw. natürlich war es bekannt gewesen. Aber wußten wir tatsächlich die genaue Zahl, oder kannten sie nur die da unten, die Herren von der heimatlichen Bürokratie, die unseren Auszug mit dem ganzen Aufwand ihrer rechnergesteuerten Verwaltung vorbereitet, registriert und begleitet hatten? Tatsächlich herrschte hier bei uns eine an Verwahrlosung grenzende Unwissenheit. So hatte es zum Beispiel kurz nach unserer Ankunft einige Todesfälle gegeben, darunter der Vater meines Kindes oder vielmehr der, den man dafür hielt. Es waren tragische Fälle; denn schließlich waren wir ja alle jung. Wir hatten die Toten begraben und vergessen. Später, wenn zufällig die Rede auf sie kam, konnten wir uns nicht einmal mehr darüber einigen, ob sie noch alle hier oben angekommen oder nicht bereits einige in der Heimat gestorben waren, so blaß und schemenhaft waren sie in der Erinnerung geworden.

Ich hätte auch dem Doktor und dem Zahndoktor helfen können. Schließlich verstanden sie sich ebensowenig wie unser Bürgermeister auf die Führung einer Kartei. Der Doktor war nicht dumm, im Gegenteil. Aber er kam direkt aus der Klinik und hatte keine Ahnung, was es heißt, eine eigene Praxis zu führen. Was er jetzt betrieb, hielt er offenbar für eine Praxis. Das hieß, er behandelte alle, die von ihm behandelt werden wollten, und er behandelte sie in der Reihenfolge, in der sie ihn aufsuchten. Er wies niemanden ab, und er behandelte jeden gleich. Aber er behandelte auch den gleich, der ihn zum dritten, fünften, siebten Mal konsultierte. Auch beim Schwerkranken, chronisch Kranken, unheilbar Kranken tat er noch so, als sähe er ihn zum ersten Mal. Nie hätte er eine Krankengeschichte aufgenommen. Er notierte sich nichts und fragte die Leute nicht einmal nach ihrem Namen. Was die medikamentöse Versorgung betraf, so war er großzügig, aber ohne Vernunft. Er gab aus, solange der Vorrat reichte. Und er gab ohne Unterschied. Nie hätte er sich überlegt, daß er mit den Antibiotika haushälterisch umgehen mußte, schließlich konnten ja Seuchen kommen. Nein, er gab aus. Wenn die Leute mit Halsschmerzen zu ihm kamen, dann behandelte er eben die Halsschmerzen. Er war nicht der Mann, sich zu überlegen, was sie noch alles bekommen konnten. Bekamen sie später Diphterie und die Medikamente waren ihm ausgegangen, nun gut, dann empfahl er eben zu gurgeln.

Was den Zahndoktor betraf, so handelte es sich bei ihm offenbar um einen Betrüger. Er war überhaupt kein Arzt, und er behandelte auch nie einen Zahn. Da aber bei einem Kontingent von unserer zahlenmäßigen Stärke ein Zahnarzt vorgesehen war, hatte er sich mit dem falschen Etikett die Auswanderung erschwindelt.

Früher hatten mich Freunde mit meinen Ambitionen aufgezogen. Du wirst einmal der Historiker eurer Siedlung, der Biograph der ersten Stunde, hatten sie gesagt. Ich hatte mitgelacht und den Gedanken nicht für unmöglich gehalten; denn schließlich habe ich seit jeher für das Geschriebene etwas übrig. Ich konnte ja nicht ahnen, daß wir regelrecht aufräumen würden mit unserer Schriftkultur.

Ich dachte gar nicht daran, den Historiker zu spielen. Nachdem der Bürgermeister und der Doktor meine Angebote ignoriert hatten, hatte ich jegliches kommunale Interesse verloren. Wie alle andern kümmerte ich mich um meinen Haushalt und hatte, da ja nichts vorhanden war, alles, Haus,

Garten, erst geschaffen werden mußte, grenzenlos zu tun. Das Kind war immer in meiner Nähe. Auch wenn ich selten lachte und für gewöhnlich nur widerwillig meine Pflicht tat, konnte ich nicht umhin, mir einzugestehen, daß ich glücklich war. Ich war glücklich mit meinem Kind. Obwohl ich selten mit ihm sprach und noch seltener mit ihm lachte, war ich nie allein. Ich war nicht allein, wenn ich den Garten umgrub, wenn ich die Treppe putzte und die Ratten totschlug. Ich war nicht allein, wenn ich in die Stadt ging, das heißt zum Kolonialwarenhändler, der in der ersten Zeit die Verteilung der mitgebrachten und später den Tausch und Verkauf der hier produzierten Güter betrieb. Ich nahm das Kind immer mit, anfangs in einem Tuch auf dem Rücken, später auf dem Arm oder an der Hand. Ohne Kind traute ich mich gar nicht in die Stadt. Ich fühlte mich dann schwach, den verdrossenen Blicken der Leute ausgesetzt. Wenn ich das Kind bei mir hatte, war ich sicher. Die Leute sahen, daß ich nicht allein war, und sie mußten zugeben, daß ich ein Recht auf Lebensmittel hatte, Gegenstände des täglichen Bedarfs, auch ohne daß ich es ihnen umständlich erklärte.

Ich hatte das Kind an der Hand und war glücklich.

Andere Kinder wurden geboren und gaben unserem Leben den Schein von Normalität. Da war jemand, für den mußten wir sorgen. Da war Zukunft, Hoffnung. Hätten wir keine Hoffnung gehabt, wir hätten gewiß keine Kinder bekommen. Und die Zukunft, die produzierten wir mit unseren Kindern. Keiner hätte zugegeben, daß er im tiefsten Herzen hoffnungslos war. Er hätte es auch nicht zugeben können; denn er sah ja seine Kinder, und es war nicht denkbar, daß er keine Hoffnung hatte. Während aber früher, da, wo wir hergekommen waren, das Kinderkriegen die Leute zusammengeführt und die Barrieren zwischen den Familien wenigstens für eine kurze Zeit überflüssig gemacht hatte, zogen wir uns nur um so mehr zurück. Die Kinder selbst machten noch keine Ansprüche. Sie waren zu klein. Ältere Kinder, die die Brücke geschlagen hätten, gab es nicht. Unsere Kleinen aber waren scheu wie junge Tiere, von einer geradezu physischen Anhänglichkeit an ihre Familie, ohne Neugier und Bedürfnisse nach freieren Kontakten. Ich glaube, wir verhielten uns zu ihnen wie die Tiere sich zu ihrer Brut. Sobald ein Fremder sich näherte, rafften wir sie unter unsere Röcke. Wir schützten sie vor fremden Blicken und vor fremder Berührung. Wir behielten sie für uns. Aber wir gaben uns nicht mit ihnen ab. Wir spielten nicht mit ihnen. Wir gaben ihnen zu essen, aber wir brachten ihnen keine Beschäftigung bei. Sie merkten sicherlich, daß wir sie brauchten, daß wir uns an ihnen wärmten. Sicherlich fühlten sie sich nie verlassen. Aber sie scheuten jede Situation, in der sie sich hätten verlassen fühlen können. Es war nicht auszudenken, was aus ihnen werden sollte. Aber da war buchstäblich keiner, der sich darüber Rechenschaft abgelegt oder Rechenschaft von uns gefordert hätte.

Ich möchte mir den Kopf zergrübeln, wie alles kam - jetzt, wo wieder Zeit ist, zu grübeln. Es war wohl so, daß insgeheim jeder doch auf die Solidarität der andern setzte. Wir hatten ja alle die gleichen Interessen. Wir sprachen nur nicht darüber. Aber noch gab es niemanden, der etwas heimlich beiseite geschafft, für eine günstige Ausgangsposition beim kommenden Kampf um die Herrschaft gesorgt hätte. Für ein so weitreichendes Unternehmen fehlte der Mut, und zwar jedem einzelnen von uns. Wir waren nicht gutmütig und nicht gut, ich habe das schon erwähnt. Im Gegenteil, etwas Böses, Zweideutiges hatte jeden von uns hierhergebracht. Aber um eine Verschwörung anzuzetteln, zu konspirieren, ein Komplott zu schmieden fehlte uns einfach das Vertrauen in die Zukunft. Dabei dachten wir nicht, daß wir das Morgen nicht mehr erleben würden. Einen so tiefschürfenden Gedanken hätten wir nie gefaßt. Was hätte uns das auch zu sorgen gegeben, zu planen? Nein, es war einfach so, daß wir überhaupt kein Vertrauen in die Zukunft hatten. Wir verbanden keine Vorstellung mit dem Wort Zukunft, und wir fanden in uns nichts, was uns erlaubt hätte, von Vertrauen zu reden. Wir wußten ja gar nicht mehr, was das war. Vertrauen, das war ein Begriff aus der Heimat. Da hatten wir uns bespitzelt und belauscht. Hier oben ließen wir uns gegenseitig in Ruhe, und wir dachten, das müßte immer so sein.

Wir wirtschafteten schlecht. Als unsere Vorräte erschöpft waren, waren wir noch weit davon entfernt, uns erhalten zu können. Wichtige Lebensmittel begannen zu fehlen. Ersatzteile, die uns nie hätten ausgehen dürfen, von denen noch unsere Kindeskinder hätten zehren sollen, waren verbraucht. Empfindliche Versorgungslücken taten sich auf. Wir ertrugen sie gleichgültig, solange sie überschaubar waren, ja sogar mit einer gewissen Spannung. Jetzt sahen wir doch wenigstens die Früchte unseres Tuns, die Früchte unserer Untätigkeit. Als aber zusätzliche Schwierigkeiten auftauchten - ein schlechter Winter, der unsere bescheidene Landwirtschaft ruinierte und unsere Gesundheit schwächte, der Anflug einer Epidemie unter den Kindern - wurde die Situation kritisch. Eines Morgens, die Sonne war noch nicht lange aufgegangen, eine trübe, winterliche Dämmerung herrschte, und der Frost zwickte empfindlich im Gesicht, machte ich einen einsamen Rundgang durch die Stadt. Ich hatte etliche Tage in der Stube verbracht; denn mein Kind war krank, und ich war hungrig nach frischer Luft. Auf dem sogenannten Marktplatz, dem Zentrum unserer kleinen, dürftigen Ansiedlung, sah ich im Dämmerlicht einen Mann auf der Erde liegen, fieberhaft mit einer unerkennbaren Tätigkeit beschäftigt. Als ich näher herantrat, erschrak er. Aber er richtete sich nicht auf, und er schämte sich auch nicht. Er buddelte geradewegs in der Erde.

Was machst du denn da? fragte ich.

Es war der Bürgermeister. Wir hatten ihn gleich nach unserer Ankunft gewählt und waren zu faul gewesen, die Wahl jemals zu wiederholen.

Hier war es, sagte er und richtete sich nicht auf. Er hatte einen scharfen eisernen Gegenstand in der Hand und grub in der gefrorenen Erde.

Hier war es, sagte er. Hier haben wir den Kasten versenkt.

Donnerwetter! Ich hatte das ganz vergessen. Es war ein Wunder, daß er sich überhaupt noch an die Stelle erinnerte. Wir hatten sie nicht bezeichnet. Kein Denkmal, keine Säule wies auf den wichtigen Platz, wo wir unsere Gründungspapiere vergraben hatten. Dabei markierten sie den Anfang unserer Geschichte, den Ursprungsort. Aber wir, wir hatten ihn einfach vergessen.

Und was willst du damit?

Ich will nachsehen, wie die Rückkehr geregelt ist.

Da fing ich gleich mit an zu buddeln.

Mit einem Instrument, das noch erheblich ungeeigneter war als seins, bohrte ich die gefrorene Erde auf. Eine fröhliche Spannung befiel mich, so als wäre da in dem Kasten Hilfe für uns alle, so als würde gleich alles gut.

Als wir das schwarze, verrostete Ding heraushoben, waren wir schon nicht mehr allein. Eine schwache Wintersonne war aufgegangen. Manche, die es eilig zum Doktor hatten oder die sich nach einer durchwachten Nacht die Beine vertreten wollten, hatten sich zu uns gesellt. Schweigend drängten wir uns um den Bürgermeister.

Der Bürgermeister drehte den verschlossenen Kasten in den Händen. Es war klar, ohne Gewalt bekamen wir ihn nicht auf. Er nahm seinen langen eisernen Griffel und bohrte so lange an dem Schloß herum, bis es nachgab. Der eine oder andere seufzte unwillkürlich, als der Deckel aufsprang. Wir hockten uns in einem Kreis auf den Boden, und der Bürgermeister breitete die Papiere fein säuberlich auf der gefrorenen Erde aus. Wir stießen beinahe mit den Köpfen zusammen, als wir uns nach vorn beugten, um das Geschriebene zu entziffern.

Die Papiere beinhalteten im wesentlichen zweierlei: erstens die Versicherung, daß unser Unternehmen den großen Pionierleistungen der Geschichte vergleichbar sei, und zweitens eine juristische Klausel, derzufolge alle Ansprüche gegenüber der Heimat abgegolten seien - die gleichwohl stolz darauf sei, unsere Heimat zu heißen. Darunter, schon ein wenig verblaßt, zahlreiche Unterschriften und Siegel.

Unter den Papieren fand sich auch ein Zeitungsausschnitt mit einem Foto von der Abschiedsfeier auf dem Auswandereramt drei Wochen vor unserer Abreise. Der stellvertretende Sektionschef hatte die Abschiedsrede gehalten, und die Zeitung hatte sie abgedruckt. Mögen nach ebenso vielen Jahrhunderten, wie wir selber gebraucht haben, um den Welt-

Jahrhunderten, wie wir selber gebraucht haben, um den Weltraum für uns erobern, Entdec

kungsreisende von eurem Planeten zu unserem kommen, hieß es hochtrabend und feierlich am Schluß: wir werden sie herzlich begrüßen!

Wir hockten im Kreis und rührten uns nicht. Mir ging es ganz merkwürdig. Ich hatte im Grunde nie damit gerechnet, daß wir jemals zurückkehren würden. Ich hatte wirklich so gelebt, als wäre das hier oben endgültig. Daß es mir an Verzweiflung gemangelt hatte, war kein Zeichen von Optimismus, Zukunftshoffnung oder Hoffnung auf eine mögliche Rückkehr gewesen. Im Gegenteil. Es war, als ob die Luft hier oben dünner war, als ob man mit einem geringeren Quantum Lebenslust leben konnte. Ich war nie verzweifelt gewesen, und ich hatte keine Hoffnung gehabt. Davon abgesehen, hätte ich auch keine Hoffnung aus dem Gedanken an die Heimat geschöpft. Ich schon gar nicht. Nur jetzt, wo jedem die Heimkehrfreude aus den Augen leuchtete, hatte ich mich selbst aufgeregt. Außerdem war das Kind krank, und ich wußte, daß es Wahnsinn war, auf den Doktor zu bauen.

Soll das heißen, fragte jemand schließlich, daß sie nicht mal einen schicken, der nach uns sieht? Es wird überhaupt nie jemand kommen?

Sicher wird jemand kommen, meinte der Bürgermeister, aber nicht gleich in der ersten oder zweiten Generation. Und vorausgesetzt natürlich, daß sie ihren technologischen Standard wahren.

Eine so kluge Überlegung hatte er noch nie geäußert. Ich fragte mich, woher er auf einmal den Verstand nahm. Vielleicht hatte es doch einen Grund gehabt, daß wir gerade ihn zum Bürgermeister gewählt hatten.

Überhaupt waren sie alle wie ausgewechselt. Es war, als hätte die Aufregung ihnen die Zunge gelöst.

Sie werden kommen, sagte ein anderer drohend, wenn sie den Mut dazu haben.

Es könnte ja sein, setzte er, als er unsere verständnislosen Mienen sah, bedächtig hinzu, daß sie uns ihre Fahrzeuge nicht freiwillig überlassen.

Der Bürgermeister rückte unruhig hin und her. Der Ton paßte ihm nicht. Wahrhaftig, es war das erste Mal, daß ihm etwas nicht paßte!

Und wenn sie nicht kommen? fragte ein anderer. Werden wir es jemals so weit bringen, daß wir aus eigener Kraft heimkehren können? Werden wir es überhaupt jemals so weit bringen, daß wir wieder fliegen können?

Ich sah die Raumfähren vor mir, mit denen wir hergekommen waren und die noch immer draußen, knapp eine halbe Meile von hier, auf dem öden Gelände standen. Wir hatten nicht einmal einen provisorischen Hangar für sie gebaut, und sie rosteten vor sich hin. Einer unserer Piloten war übrigens bald nach der Ankunft gestorben, aus Kummer vermutlich, weil ihm klargeworden war, daß wir niemals, in absehbarer Zeit jedenfalls nicht, imstande sein würden, Treibstoff zu erzeugen oder auch nur ein einfaches Flugzeug zu bauen. Daran, wie wir mit den alten Fahrzeugen umgingen, konnte man ablesen, daß wir nicht nur auf absehbare Zeit technologisch nicht imstande waren, ein Flugzeug in die Luft zu bringen, sondern auch in kürzester Frist das Bedürfnis dazu verloren haben würden. Die meisten behaupteten, er hätte sich umgebracht. Böse Zungen meinten allerdings, er wäre einigen, darunter dem Doktor, der ja auch ein Intellektueller war, so auf die Nerven gegangen, daß sie ein bißchen nachgeholfen hätten. Wie dem auch sei, jedenfalls hielten die andern Piloten sich seitdem aufs äußerste zurück, kehrten ihre landwirtschaftlichen Interessen heraus und nannten es eine absurde Unterstellung, wenn jemand behauptete, sie wären im Grunde auch lieber wieder zu Hause.

Lächerlich der Gedanke, daß wir jemals wieder fliegen würden!

Hatte etwa jemand ernsthaft damit gerechnet?

Natürlich hatte keiner damit gerechnet. Aber hatte es sich auch jeder klargemacht?

Ich zum Beispiel, ich hatte es mir klargemacht. Aber ich wußte auch, was ich wollte. Damals hatte ich es jedenfalls gewußt. Für die andern konnte ich natürlich nicht geradestehen.

Eigentlich war es ja so, begann der Bürgermeister in einem Ton, als schiene es ihm an der Zeit, die Sache richtigzustellen, daß wir alle auswandern wollten.

Niemand, setzte er beinahe beschwörend hinzu, hat doch damals an eine Rückkehr gedacht.

Das stimmte. Ja, wenn wir damals nicht fortgekonnt hätten, das hätte uns wirklich getroffen! Aber daß es endgültig war, für immer, das war überhaupt kein Gegenstand gewesen, darüber hatten wir doch gar nicht nachgedacht.

Andererseits, setzte er gemäßigter hinzu, sind wir natürlich alle davon ausgegangen, daß wir auch weiterhin fliegen würden. Nicht gerade zurück, aber fliegen. Schließlich sind wir eine moderne Nation. Wir wollten auswandern, aber doch nicht zurück in die Steinzeit! Im Gegenteil, wir wollten ein Verkehrsnetz aufziehen und den Kontinent erobern. Mit den Höhlenkindern hatte keiner von uns etwas im Sinn.

Das hier, sagte er und deutete mit einer berufsmäßigen Geste auf die ungepflasterten, jetzt im Winter Gott sei Dank hartgefrorenen Lehmwege, die die Straßen unserer «Hauptstadt» bildeten, das hier sollte unsere neue Heimat werden. Hier wollten wir glücklich sein. Über dem Aufbau der neuen Heimat wollten wir das Heimweh nach der alten vergessen. Das war unser Programm und nicht, Mittel zu unserer Rückkehr auszutüfteln. Wahrhaftig, wir hätten alle Hände voll zu tun!

Sorgfältig schob er die Papiere zusammen und legte sie zurück in den Kasten. Er klappte den nicht mehr verschließbaren Deckel ein paarmal auf und zu und klemmte sich den Kasten schließlich unter den Arm.

Wir wollten ein moderner Satellit werden, sagte er noch, ehe er ging. Wir wollten da anfangen, wo sie in der Heimat stehengeblieben sind. Und wir wollten die Vorteile der Technik mit den Freuden der Pionierzeit, die Lust am Fortschritt mit der Lust am Kultivieren verbinden.

Alles Schwindel, schloß er, alles Betrug. Aber in seinem Ton war ganz im Gegensatz zu seinen pessimistischen Worten zum ersten Mal so etwas wie Optimismus, Lebendigkeit. Er redete beinahe wie die Leute zu Hause.

Auch die andern waren aufgekratzt, standen herum und mochten nicht gehen.

Wir standen noch immer zusammen, als der Bürgermeister schon wieder zurückkam. Er trat aus dem schiefen, aus unbehauenen Steinen roh zusammengefügten Haus, das unser Bürgermeisteramt war, und ging mit energischen Schritten über den Platz.

Als er an unserem Grüppchen vorbeikam, blitzte er uns aufmunternd an und machte gleichzeitig eine schwungvolle Bewegung mit dem Arm. Es war, als wollte er sagen: Na, wie ist es, seid ihr immer noch nicht an der Arbeit? In seinem Gesicht mit den von der Kälte geröteten Backen zuckte es vom Andrang sich überstürzender Pläne und Ideen.

Bevor wir uns auch nur in Bewegung gesetzt hatten, war er schon über den Platz und im Haus des Doktors verschwunden.

Luna X meldet sich nicht

Es tut mir leid, sagte der Mann, aber Luna X meldet sich nicht.

Sind Sie verrückt, sagte ich, sie tun doch dort zu acht Mann Dienst.

Der Mann zuckte die Achseln und beugte sich wieder über sein Pult. Er verglich die Nummer auf seiner Liste mit der Zahlenkombination, die er gerade gewählt hatte, stöpselte dann überstürzt und ziellos, wie mir schien, die diversen Stecker um, und sofort erfüllte die warme Stimme meines Sohnes die enge Telefonkabine.

Ich bin's, Vater! rief ich und vergaß in der Eile, auf «Senden» umzustellen.

Hier Luna X, hier Luna X, wiederholte die Stimme und brach dann ab, um auf Antwort zu warten.

Ich bin's, Vater! rief ich erregt und wußte plötzlich nicht weiter.

Guten Tag, Vater, sagte die Stimme erfreut. Ist bei euch zu Hause alles in Ordnung?

Mutter ist heute nacht gestorben! rief ich und vergaß schon wieder, auf «Senden» umzustellen.

Am andern Ende war tiefe Stille.

Der Telefonist trat gegen die Tür und zeigte mir drohend den Vogel.

Mutter ist tot! schrie ich. Du wirst doch zur Beerdigung kommen?

Ich dachte schon, er hätte mich wieder nicht gehört. Dann sagte die Stimme langsam:

Wartet mit dem Beerdigen nicht auf mich. Wir haben hier oben ein paar Krankheitsfälle.

Ich dachte, das Herz bleibt mir stehen.

Und du? schrie ich, als könnte ich ihn mit Schreien erreichen. Bist du denn gesund?

Ach, sagte er, ich bin schon drüber weg.

Wir wurden abrupt getrennt.

Nach einem halben Jahr waren sie alle wieder da. Zurückbeordert wegen gesundheitlicher Schäden. Als sie aus dem Untersuchungshospital entlassen wurden, stand ich mit den andern Angehörigen Spalier. Sie kamen einer nach dem andern heraus und schritten im Gänsemarsch die breite Treppe hinunter. Sie waren bleich, hohläugig, ohne erkennbare Zeichen von Unruhe oder freudiger Erwartung. Sie waren alle jung. Frühinvaliden. Aber sie waren vollzählig. Niemand war oben gestorben. Bei der Untersuchung hatte man keine aktiven Prozesse mehr festgestellt. Die Krankheit war unwiderruflich zu Ende. Aber man hatte einen Hund getötet, der als Maskottchen mitgereist war, und die Obduktion hatte eine eigentümliche Veränderung der inneren Organe zutage gefördert.

Wie ein verholzter Kohlrabi, sagte der Pathologe in der Pressekonferenz und hielt die Leber gegen das Licht.

Der Vergleich wanderte durch alle Zeitungen. Indessen wußte niemand, was es mit der Veränderung auf sich hatte.

Wir lebten wieder zusammen, mein Sohn und ich. Aber es kam nichts zustande. Ich ging arbeiten, und er saß drohend herum. Dabei, untätig war er eigentlich nicht. Gelegentlich bemerkte ich Zeichen einer intensiven Beschäftigung, besonders dann, wenn er meine Heimkehr verpaßt hatte. Er kramte und stöberte in seinem Zimmer herum, daß es sich im Wohnzimmer anhörte, als wäre oben ein Aufstand der Ratten. Einmal, als ich wegen einem Migräneanfall zu Hause geblieben war und mich mit einer Kompresse auf die Wohnzimmercouch gelegt hatte, öffnete sich ganz leise die Tür, und mein Sohn lugte herein, wie um sich zu vergewissern, ob ich auch tatsächlich schlief. Dann zog er die Tür ebenso leise wieder zu, und von da an kamen die merkwürdigsten Geräusche aus seinem Zimmer.

Zweimal traten ungewöhnliche Ereignisse ein.

Das eine war die vorzeitige Rückkehr der Ablösungsmannschaft, die ebenfalls wegen Krankheit zurückgerufen und vorzeitig in Rente geschickt wurde. Als wir uns die Empfangsszene im Fernsehen ansahen, schien es mir einen Augenblick, als rüttele mein Sohn an den Ketten der Lethargie, die ihn gefangenhielt. Er drehte sich lebhaft nach mir um, als seine Leidensgenossen die Gangway herunterkamen, so als wollte er mir etwas sagen. Aber in dem Moment machte das Fernsehen einen Schnitt und zeigte einen Reporter, der dem zuständigen Minister ein Mikrophon unter die Nase hielt und ihn nach den Konsequenzen aus dem Debakel befragte. Wir machen weiter, sagte der Minister fest. Da fiel mein Sohn wieder in sich zusammen und sagte kein Wort mehr bis zum Schlafengehen.

Das andere Ereignis war der Besuch einer Gruppe junger Wissenschaftler, die nach ihrer eigenen Aussage die Biographien «unserer Raumfahrthelden» zusammenstellten und meinen Sohn um seine Mitwirkung baten. Ich machte mich bei der Unterredung im Hintergrund zu schaffen und hörte gespannt zu, wie er mit einer Redefreudigkeit, die ich seit seiner Heimkehr nicht mehr bei ihm erlebt hatte, von seinem beruflichen Werdegang berichtete. Die Schule mit ihrer frühzeitigen Spezialisierung auf Elektronik, die Militärzeit mit zwischenzeitlicher Befreiung für ein Studium der Astrophysik und Kybernetik, die Rückkehr zur Armee, die Trainingslager in den Camps der Raumfahrtbehörde: Diese Stationen einer unbeirrbaren Karriere zogen noch einmal an mir vorüber, und die jungen Wissenschaftler schrieben mit glänzenden Augen mit.

Und nun zu Ihrem ersten dienstlichen Aufenthalt auf einer Raumfahrtstation. Wie ist es Ihnen auf Luna X ergangen?

Mein Sohn verfinsterte sich.

Wir erkrankten, sagte er kurz.

Alle?

Er nickte.

Wie kam es dazu? Haben Sie etwas Falsches gegessen, oder haben Sie etwa Kontakt mit einer krankmachenden Substanz von außerhalb gehabt?

Mein Sohn schüttelte mürrisch den Kopf.

Da platzte einer von den Fragern heraus.

Aber einer Ihrer Kollegen hat gesagt, fing er an und verstummte, als er das finstere Gesicht meines Sohnes und die mißbilligenden Mienen der andern sah.

Nach dieser Unterbrechung kam das Gespräch nicht mehr in Gang.

In der Folgezeit versuchte mein Sohn mehrmals, Kontakt zu seinen Kollegen von Luna X aufzunehmen. Aber sie entzogen sich seinen Bemühungen, ließen sich verleugnen oder waren ganz einfach nicht aufzufinden.

Du hast dich eben die erste Zeit zu sehr zurückgezogen, tröstete ich ihn. Da haben sie dich vergessen.

Er gab den Versuch nicht auf. Da er aber sehr unbeholfen war, trat ich ihm mit der einen oder anderen Handreichung zur Seite. So konnte ich ihn unauffällig im Auge behalten.

Tatsächlich war er bei allen Dingen des täglichen Gebrauchs merkwürdig ungeschickt, wie gelähmt. Ich schob diese Hemmung auf seine lange Kasernierung. Er ist ja nie ein freier Mensch gewesen, sagte ich mir. Im Internat, in der Armee, im Trainingslager, ja noch auf der Universität, auf die sie ihn nur abordnungshalber, als einen ausgezeichneten Soldaten, geschickt hatten, war er wie ein unmündiges Kind gehalten worden. Da brauche ich mich nicht zu wundern, dachte ich, wenn er nicht weiß, wie man eine Briefmarke aufklebt.

Insgeheim wußte ich aber, daß es nicht bloßer Mangel an Übung und Routine war, was meinen Sohn so unbeholfen machte. Er erweckte durchaus nicht den Eindruck, als wenn bei ihm mit Einschleifen etwas zu erreichen gewesen wäre. Ihn hätte man lieber noch an der geringfügigen Bewegung, zu der er sich aufraffte, gehindert. So unüberwindlich erschien der Widerstand, mit dem er kämpfte, daß man eher an eine prinzipielle Untauglichkeit als an eine zufällige Hemmung seiner Gelenke gedacht hätte.

Er ist nicht defekt, sagte ich mir, wenn ich ihn eine Zeitlang beobachtet hatte. Er paßt nur nicht hierher.

Er ist wie ein Albatros, dachte ich unwillkürlich und war zugleich entsetzt über die Tragweite des Vergleichs. Er ist vom Himmel gefallen. Nun zieht er seine Flügel hinter sich her.

Sie haben ihn da oben ruiniert, dachte ich. Jetzt geht er als Krüppel durch die Welt.

Einmal habe ich ihn furchtbar böse gemacht. Ich war in sein Zimmer hinaufgestiegen bei einer der seltenen Gelegenheiten, wo er das Haus allein verlassen hatte. Daß ich ihm in Angelegenheiten seines höchsten Interesses half, gab mir den Mut und, wie ich meinte, auch das Recht dazu. Ich wollte endlich der geheimnisvollen Tätigkeit auf den Grund kommen, der er sich, sobald er sich allein glaubte, widmete. Und ich hoffte immer noch auf Papiere zu stoßen, Aufzeichnungen, die er auf Luna X gemacht haben konnte, als seine Finger noch den Bleistift zu führen vermochten. Wer weiß, vielleicht klärte sich alles auf!

Seit seiner Kindheit hatte mein Sohn sich von keinem Buch und keiner Bastelarbeit getrennt. In den häufigen Zeiten seiner Abwesenheit hatten meine Frau und ich nichts anzurühren gewagt, zumal er sein Zimmer stets peinlich aufgeräumt zurückließ. Es quoll über von Zeitschriftenstapeln, Briefmarkenalben, technischen Anleitungen und merkwürdigen Sammlungen aller Art.

Ich war im schönsten Räumen, als mein Sohn auf der Schwelle erschien. Er mußte nahezu geräuschlos die Treppe heraufgekommen sein, oder ich war von meiner Neugier allzu gefangengenommen, jedenfalls bemerkte ich ihn erst, als er nach einem wunderschönen, vielzackigen Bergkristall, dem Prunkstück seiner Steinesammlung auf dem Regal gleich neben der Tür, langte und ihn, ich muß schon sagen, mit einer umwerfenden Zielsicherheit nach meinem Kopf schleuderte. Ich duckte mich im letzten Moment und huschte, als er mit einem ungeheuren Satz auf mich zu sprang, an ihm vorbei. Krachend fiel die Tür hinter mir ins Schloß, und ich schlich mit schlotternden Knien nach unten.

Von da an konnte ich keine Nacht mehr schlafen. Ich fürchtete mich vor meinem Sohn, und ich freute mich zugleich, daß ich ihn seiner Gewalttätigkeit überführt hatte. Was war in ihm vorgegangen, daß er seine gewohnte Schwerfälligkeit überwunden und mich um ein Haar mit einem gezielten Wurf niedergestreckt hatte? Ich begriff, daß ich seine Wut auf ein anderes Objekt richten mußte, wenn ich unbehelligt bleiben wollte. Nur so konnte ich hoffen, ihn unter Kontrolle zu behalten, ohne ihn einsperren lassen zu müssen.

Ich fing an, mir eigene Gedanken über den Verbleib seiner Kollegen zu machen. Einen von ihnen hatte er besonders ins Auge gefaßt.

Der hat gequatscht, sagte er mürrisch, als ich ihn fragte, warum er gerade ihn mehr als die andern suchte.

Er war sich seiner Sache so sicher, daß ich mißtrauisch wurde. Bei der nächsten sich bietenden Gelegenheit fuhr ich in die Hauptstadt und suchte den Leiter der Forschungsgruppe in seinem Büro im Hochhaus der ...stiftung auf. Er verzog das Gesicht, als er mich erkannte.

Es ist nett, daß Sie mich aufsuchen, sagte er. Aber wir sind nicht mehr dienstlich miteinander befaßt. Wir haben das Projekt aufgegeben.

Das ist in keiner Weise eine Kritik, wehrte er ab, als ich ihn zu unterbrechen versuchte. Aber Sie sehen ja selbst, Luna X steckt in einer Krise. Wenn wir Krankengeschichten schreiben wollten, dann brauchten wir uns nicht ausgerechnet mit den Astronauten zu befassen.

Ich vergaß, warum ich hergekommen war.

Aber Sie müssen doch herausbekommen, warum sie alle krank werden! schrie ich und hieb vor Erregung mit der Faust auf den Schreibtisch.

Er schüttelte den Kopf.

Die Gründe sind immer banal. Eine Allergie, ein Virus, was weiß ich.

Schwindel befiel mich. Ich wollte nach draußen.

Was gibt Ihnen eigentlich die Gewißheit, fragte ich mühsam, daß es sich tatsächlich nur um einen Zwischenfall vom Kaliber einer Grippe und nicht beispielsweise um einen hochbedeutsamen Eingriff von außerhalb handelt?

Er nickte.

Sie haben ganz recht, nichts kann mir diese Gewißheit geben, es sei denn, wir hätten einen Beweis. Aber solange wir keinerlei Beweise haben, gehe ich davon aus, daß es sich um etwas so Alltägliches wie eine Grippe handelt.

Er hielt mir eine Mappe mit Papieren unter die Nase.

Wir stellen jetzt einen Band über die allerersten Mondfahrer zusammen. Glenn, Armstrong und wie sie alle hießen. Es soll ein Beitrag zur Überwindung der Depression sein, in der unsere Raumfahrt sich zur Zeit befindet. Ich bin sicher, wenn wir uns noch einmal in die Pionierzeit der Astronautik vertiefen, werden wir einen neuen Anknüpfungspunkt finden.

Im übrigen, setzte er abschließend hinzu, ist damals ja auch dies und das vorgekommen. Aber etwas Übersinnliches war nicht darunter.

Ich war schon an der Tür, als mir wieder einfiel, warum ich hergekommen war.

Hat mein Sohn sich noch einmal bei Ihnen gemeldet? fragte ich.

Er schien mir ungeduldig, aber nicht überrascht.

Was ist? drängte ich. Haben Sie ihm den Namen des Verräters genannt?

Er zog mißbilligend die Augenbrauen hoch.

Ihr Sohn kannte den Namen besser als wir. Er forderte mich auf, diesem Verräter, wie Sie ihn zu nennen belieben, etwas auszurichten. Aber ich konnte ihm nur dasselbe sagen wie Ihnen, daß wir mit dem Projekt und natürlich auch mit den Leuten nicht mehr befaßt sind.

Ich kann Sie nur warnen, setzte er hinzu, aber da war ich schon aus der Tür.

Eine seltsame Kooperation mit meinem Sohn begann. Von nun an ging ich ihm tatkräftiger denn je zur Hand. Wir wollten beide an den Kollegen herankommen, der am ehesten zum Reden bereit war, und so suchten wir ihn zusammen. Mein Sohn lieferte die Anknüpfungspunkte, ich war für das taktische Vorgehen verantwortlich. Erstaunlich war, woran er sich alles erinnerte. Früher hatte er eine Freundin in T., sagte er beispielsweise, und ich unternahm es, die Freundin in T. ausfindig zu machen und einen ersten Kontakt zu ihr herzustellen. Dabei blieb es dann meist, obwohl mein Sohn äußerst mißtrauisch war und alles für Lüge erklärte. Bestimmt weiß sie, wo er ist, sagte er finster, sie gibt es nur nicht zu. Wenn er sich gar zu sehr auf eine Idee versteift hatte, fuhr ich mehrmals an denselben Ort und trieb mich in der Gegend herum, als Angebot an den Zufall sozusagen, uns, wenn er denn wollte, in die Hände zu arbeiten. Da mein Sohn wegen seiner Unbeholfenheit, seiner mimischen Starre und der widerspenstigen Fülle seiner früh ergrauten Haare überall auffiel, taugte er für solche Unternehmungen nicht und mußte wohl oder übel zu Hause auf mich warten. Aber wenn er mir auch nie ganz traute, sah er doch, daß er auf mich angewiesen war, und anstatt mir Vorhaltungen zu machen, brummte er nur unzufrieden und ging auf sein Zimmer.

Eine ungeduldige Spannung bemächtigte sich meiner. Ich ertappte mich beim Halluzinieren. Manchmal, wenn ich auf einem meiner fruchtlosen Ausflüge in irgendeines dieser abgelegenen Landstädtchen war, wo er sich «mit Sicherheit verkrochen» hatte, stellte ich mir vor, wie er mir über den Weg lief, und ich würde ihn unterhaken und mit ihm auf und ab promenieren, und er würde mir alles erzählen. Solch eine Gewißheit verliehen mir diese Träumereien, daß ich mich bereits beim Verlassen des Bahnhofsgebäudes suchend umblickte, so sicher war ich, daß ich ihn treffen mußte. Kein Zweifel, ob ich ihn nach dem Gruppenfoto, das vor dem gemeinsamen Abflug zur Raumstation gemacht worden war, und nach dem flüchtigen Blick, den ich vor dem Hospital auf ihn geworfen hatte, auch erkennen würde, trübte die Gewißheit einer in aller Form verabredeten Begegnung, und nur die voranschreitende Zeit und der Gedanke an meinen Sohn konnten mich dazu bewegen, meinen Erkundungsgang abzubrechen.

Aber eines Tages geschah alles so wie in meinen Träumen. Ich trat aus dem Bahnhof einer uninteressanten Mittelstadt und erkannte ihn sofort, wie er über den Vorplatz ging, mit jener eigentümlichen Mühseligkeit, die in Ermangelung jeder erkennbaren äußeren Ursache auf eine zerebrale Störung oder einen vorzeitigen Schlaganfall schließen ließ. Er kniff die Augen zu, als blendete ihn das Licht, und als ich ihn zögernd ansprach, da verlangsamte er sachte seinen ohnehin schon unendlich gemächlichen Schritt. Für Sekunden hob er die Augen, und ich sah darin alles, was ich schon von meinem Sohn her kannte, brütenden Starrsinn, Schwerfälligkeit des Denkens und Empfindens. Aber die erwartete Schüchternheit, Ängstlichkeit und ängstliche Redelust erkannte ich nicht.

Mit dem gleichen Griff, mit dem ich bei gemeinsamen Besorgungen der Gehgeschwindigkeit meines Sohnes aufzuhelfen wußte, hakte ich ihn unter und promenierte mit ihm auf dem Bahnhofsvorplatz auf und ab, wobei ich ihm von meiner Person und meinem Anliegen berichtete.

Er wunderte sich über nichts, und als ich ihm von dem Angriff erzählte, den mein Sohn auf mich unternommen hatte, sagte er nur verächtlich:

Er war schon immer ein Schläger.

Er zwinkerte heftig und offensichtlich vor Vergnügen mit den Augen und drückte meinen Arm mit greisenhafter Kraft.

Ihr Sohn liebt den Hinterhalt, sagte er feierlich und so als teilte er mir eine wichtige Spielregel mit.

Ich versuchte seine Hand abzuschütteln, und wie um den Angriff auf mehreren Ebenen zugleich vorzutragen, schleuderte ich ihm nun gar nicht mehr vorsichtig und leise, sondern im Gegenteil laut und erregt ins Gesicht:

Und nach Ihrem Leben trachtet er auch!

Leute drehten sich nach uns um.

Er hatte seinen Griff für einen Augenblick gelockert, und ich hatte mich hastig befreit. Wir gingen immer noch auf und ab, jetzt aber in dem Tempo, das er diktierte. Nach einer Minute gemeinsamen Schweigens sagte er gleichgültig und schleppend, wie seine Gangart war:

Ja, ja, wir haben uns oben geprügelt.

Mein Pech, daß der Zug erst am Nachmittag ging!

Erschöpft langte ich zu Hause an und wollte mich in die Küche schleichen, um ein Glas Wasser zu trinken. Aber mein Sohn kam mir schon die Treppe herunter entgegen.

Du hast ihn gefunden, sagte er streng.

Ich war so kaputt von der Enttäuschung und dem plötzlichen Nachlassen der Spannung, daß ich meine Gesichtszüge nicht mehr zusammenhalten konnte. Unwillkürlich wich ich in die Garderobe zurück und barg mein Gesicht in den kratzigen Falten des Lodenmantels, der noch vom Winter dort hing. Er kam mir nach. Im Dämmerlicht war er grauer als sonst und sah krank und verwüstet aus. Die widerspenstigen Haare waren abenteuerlich zerstrubbelt, was ihm einen Anflug von Bohemien verlieh. Um die Augen aber und die verschatteten Wangen sah durch die hagere Eleganz der Schädel eines Gerippes.

Was hat er gesagt? fragte er.

Ich drückte mein Gesicht fester in den Mantel.

Er sagt, ihr habt euch oben geprügelt.

Er lachte lautlos. Ich weiß nicht, woran ich merkte, daß er lachte. Aber da mir das Lachen etwas Menschliches zu sein schien, wollte ich versuchen, ihn ein wenig weiter auf den Pfad der Menschlichkeit zu locken, und fügte hinzu:

Im übrigen geht es ihm nicht anders als dir.

Seine hageren Finger gruben sich in meinen Arm. Ich hielt ganz still und roch an dem rauen Loden.

Was hat er noch gesagt? flüsterte er an meinem Ohr.

Mir lief der Schweiß in Perlen über das Gesicht.

Er hat gemeint, hauchte ich, ihr seid sehr krank und geht bald alle zugrunde.

Wieder schüttelte ihn das lautlose Lachen. Seine klammerige Hand aber wanderte hinauf zu meinem Hals.

Er irrt sich, lispelte er und beugte sich direkt über mein Gesicht. Er denkt, es geht uns schlecht. In Wirklichkeit geht es uns nur anders.

Er sagt aber, stammelte ich und hatte dabei das Gefühl, ihm meinen unerträglich heißen Atem ins Gesicht zu blasen, er sagt, es geht ihm täglich schlechter. Ihr seid schon so gut wie tot, sagt er, und er denkt daran, selber ein Ende zu machen.

Er schien mir jetzt doch beunruhigt.

Wir sind nicht tot, murmelte er. Wir werden uns nur verpuppen.

Seine Finger wanderten an meinen Halswirbeln auf und ab, als suchten sie die richtige Stelle.

Alles nur Theater, murmelte er. Von wegen, daß er sich schlecht fühlt und ans Sterben denkt! Er kann es bloß nicht erwarten. Schon auf der Station hat er alles an sich gerissen. Auch jetzt will er wieder der erste sein.

Du mußt mir zeigen, wo er ist! herrschte er mich an und drückte gefährlich zu.

Ich gab ihm einen Stoß, daß er schwankte und hinstürzte wie ein Klotz.

Unwillkürlich mußte ich grinsen.

Heute kommst du jedenfalls nicht mehr hin, dachte ich und gab ihm noch einen Tritt. Er rührte sich nicht. Das brachte mich zur Besinnung. Vorsichtig faßte ich nach seiner Hand, die mich soeben noch im Würgegriff gehalten hatte. Sie war eiskalt. Fast unmerklich klopfte der Puls. Er wird sterben, sagte ich mir und sprang ins Wohnzimmer, um ihm eine Decke zu holen. Er starb aber nicht. Im Gegenteil, ich spürte, wie sein Zustand sich stabilisierte. Seine Hand war immer noch eiskalt. Der Puls war schwach, aber es war unvorstellbar, daß er aufhören könnte zu klopfen. Müde ließ ich mich neben ihm nieder und studierte das eingefallene Gesicht. Hatte er nicht gesagt, wir sterben nicht, wir werden uns nur verpuppen? Ich sah sie alle vor mir, die dasselbe Schicksal erlitten hatten wie er. Sie zogen vor meinem inneren Auge vorbei, mühselig, grau und tückisch. Da konnte ich meinen Kopf nicht mehr halten, und ich bettete die Stirn auf seine kalte Hand und dachte, wir müssen sie alle erschlagen.

* * *

Später wurde die Krankheit der Astronauten als Mangelerscheinung klassifiziert, hervorgerufen durch eine Unterversorgung sämtlicher, nicht nur der zerebralen Organe und charakterisiert durch eine äußerste Reduktion der Lebensfunktionen bei einer gleichzeitigen und geradezu unwahrscheinlichen Stabilität der gesamten Leistung, einer enormen Lebensfähigkeit, sozusagen, bei überaus herabgesetzter Lebendigkeit. In der ersten Generation traten noch Übersprungserscheinungen auf, physische oder quasiphysische Anfälle von Rebellion. Danach unterblieben derartige Zwischenfälle. Wie Mumien fielen die Mannschaften vom Himmel.

Nach vier, fünf Generationen von Raumfahrtmannschaften, wie einerseits das Krankheitsbild eine deutliche Kontur gewonnen hatte und andererseits nichts darauf hindeutete, daß das Problem sich von selber erledigen werde, wurde der Betrieb der Station vorübergehend, schließlich endgültig eingestellt.

Was die Bewegungsfreiheit der Kranken betraf, so wurde ihr nach einem ebenso ziellosen wie gewalttätigen Akt von seiten eines der Invaliden ein Ende bereitet. Für die Aggressoren vom Mond wurde die Internierung verfügt. In vollständiger Isolation dämmerten sie dahin, von ihren Angehörigen und dem Publikum gleichermaßen vergessen. Selbst jener Vater, der nach den Berichten einer Forschergruppe, die sich um die Biographie der Astronauten bemüht hatte, in einer ebenso seltsamen wie am Ende lebensgefährlichen Symbiose mit seinem zerrütteten Sohn angetroffen worden war, kümmerte sich nach der Genesung von einer nervösen Erkrankung nicht mehr um ihn. Offenbar hatte der Anschlag seines Sohnes seine affektive Bereitschaft aufgezehrt. Er erkannte ihn nicht wieder.

Familienbande

Er war über neunzig, lebensuntüchtig, dabei kräftig, verfolgungsbesessen und immer auf Draht. Er wohnte im obersten Stock eines Seniorenkratzers, und von seinem Zimmer hatte man einen herrlichen Blick über die Stadt. Wenn wir ihn besuchten, versammelten wir uns vor dem Fenster, und er, hinter uns, schimpfte, daß wir schon wieder klüngelten. Er begriff nicht, daß wir uns vor seinem Alter zusammendrängten, daß wir uns beim Anblick seiner winzigen, grauen Gestalt aneinanderklammerten. Ich glaube, er begriff ganz gut, aber es gefiel ihm nicht. Er hatte sich die Besuche anders gedacht und im Geist sorgfältig arrangiert.

Vor dem Fenster - so, daß wir, um an die Aussicht zu kommen, uns hinter den Lehnen vorbeidrängeln mußten - hatte er ein paar Stühle aufstellen lassen, immer einen neben dem andern. Er selbst saß im einzigen Sessel, der zur Standardausstattung des Zimmers gehörte, dem Seniorensessel, und sah uns im Gegenlicht an. Er konnte nicht viel erkennen, aber das störte ihn nicht. Er sah nicht mehr gut, wußte aber, daß wir ihn ausgezeichnet sahen, und das genügte ihm. Und wir sahen ihn in der Tat ausgezeichnet, nicht nur, weil wir mit dem Rücken zur Wand saßen und die Sonne in breitem Streifen auf sein graues Gesicht fiel, sondern weil das ganze Zimmer eine reflektierende Helligkeit ausstrahlte. Offenbar hatte der Innenarchitekt sich von den überkommenen Vorurteilen des Altenheimbaus gründlich getrennt. Er hatte mit dem Prinzip des trostlosen Grauingrau aufgeräumt und sich den modernen Grundsatz zu eigen gemacht, daß das schwache Augenlicht der Alten durch eine helle, frische Beleuchtung, der dumpfe Gemütszustand, in dem sie dahinbrüteten, durch strenge, klare Linienführung auszugleichen sei. Bis in den letzten Winkel war das Zimmer ausgeleuchtet. Wenn die Reinigungskolonnen mit ihren Staubsaugern und elektrischen Bohnerbesen morgens durch die Etagen zogen, konnte ihnen kein Stäubchen entgehen. Es entging ihnen aber doch einiges. Von unserem Fensterplatz aus sahen wir deutlich, wie auf den schimmernden PVC-Fliesen unter dem hochbeinigen Bett die Wollmäuse sich tummelten. Der Onkel aber saß, ohne zu zwinkern, im gleißenden Licht und ließ sich beobachten.

Er ließ sich beobachten. Versuchten wir, wegzusehen oder untereinander Kontakt aufzunehmen, so ertönte ein scharfer, etwas kratzig vorgetragener Protest. Schuldbewußt fuhren unsere Köpfe herum, und Onkel Peter, der jüngste Sohn, ein unbefangener, nicht so leicht einzuschüchternder Bursche, begann eine Unterhaltung, in die der Onkel sich immer mehr verbiß, während wir dasaßen und glotzten.

Ich atmete vorsichtig aus und riskierte einen Blick nach links, wo meine Mutter saß. Ich wollte sehen, ob sie sich verkrampfte. Sie konnte langes Schweigen, stummes Gucken, «Vorgeführtwerden», wie sie es nannte, nicht ertragen und reagierte mit Weinen darauf. Auch diesmal blinkte es bereits verräterisch hinter den halbgeschlossenen Lidern, aber die Tränen rollten noch nicht. Ich lehnte mich behutsam zurück, um an Mutters Rücken vorbei einen Blick auf ihre ältere Schwester zu werfen. Wir hatten sie heute zum ersten Mal mitgenommen, aber nicht wegen des Onkels, zu dem sie keinerlei Beziehungen unterhielt, sondern weil sie als die Älteste von uns die nächste Anwartschaft auf einen Heimplatz hatte. Wir mußten ihr bloß noch beweisen, daß sie nicht mehr imstande war, sich selbst zu versorgen. Instinktiv versuchte sie, die Katastrophen, die sie tagtäglich ereilten, vor uns zu verheimlichen, die Brandwunden ersten und zweiten Grades, die vom leichtsinnigen Umgang mit Elektroplatte und Wärmflasche rührten, und die Blutergüsse auf den Knien, wenn sie über die nicht befestigten Kanten ihres uralten, nach allen Himmelsrichtungen aufgekrumpelten Teppichs gestolpert war. Ausgerechnet jetzt hatte sie ein Veilchen über dem Auge, ein nicht zu vertuschendes Indiz für ihren störrischen

Altersleichtsinn, ihre Unfähigkeit, sich in acht zu nehmen und vor folgenträchtigen Unfällen zu schützen. Wer sollte schließlich den Pflegesatz zahlen, wenn sie bettlägerig war? Ich kannte mich in ihrer Wohnung aus und tippte auf den Glasschrank, auf den ich längst ein Auge geworfen hatte. Wahrscheinlich war sie wegen der außerordentlichen Unternehmung heute ganz aus dem Häuschen gewesen und in ihrer Aufregung gegen die Kante gerannt.

Wir hatten sie mitgenommen, damit sie einmal sah, wie schön der Onkel es hatte. Aber ihr Augenlicht war noch erheblich schwächer als seins, und sie konnte die fremde Umgebung nicht beurteilen. Mit beiden Händen klammerte sie sich an ihren Stuhl und angelte mit den Füßen nach dem Boden. Sich anzulehnen, wagte sie nicht, weil sie sich nicht vergewissert hatte, ob der Stuhl eine Lehne besaß. Ich kämpfte mit dem Bedürfnis, zu ihr hinüberzugehen und sie einmal kräftig nach hinten zu drücken, damit sie den Halt zu spüren bekam, und schielte nach der anderen Seite, zu meiner Frau, die in Umständen war. Man sah es noch nicht, und ich hatte ihr versprechen müssen, daß ich nichts verriet. Immerhin war sie mitgekommen, und ich hatte ihr nicht einmal besonders zureden müssen. Sie war noch nicht lange in der Familie und nahm diese Besuche sehr ernst. Da sie den Onkel abscheulich fand und sich nicht vorstellen konnte, daß wir uns allsonntäglich aus verwandtschaftlicher Zuneigung bei ihm versammelten, dachte sie, es handelte sich um Geld. So unbedarft war sie, daß sie mich nicht ein einziges Mal fragte, ob der Onkel überhaupt Geld hatte. Er hatte nämlich keins. Aber da es mir zu mühsam war, ihr den Zusammenhang zu erklären, wartete ich geduldig, ob sie nicht irgendwann einmal fragte.

Meine Frau hibbelte auf ihrem Stuhl hin und her wie ein Kind. Sie unterdrückte ein natürliches Bedürfnis. Seit sie schwanger war, mußte sie andauernd, und sie mußte immer gleich ganz dringend. Ich fing einen hilfeflehenden Blick von ihr auf, erhob mich und sagte:

Komm, Grete, wir gehen mal wohin.

Sie krallte sich mit spitzen Fingernägeln in meinen Arm und stolperte zur Tür. Draußen ließ sie mich nicht los. Sie war blaß und erregt.

Ich geh da nicht wieder rein, zischelte sie. Keine zehn Pferde bringen mich da wieder rein!

Ich versuchte sie zu beruhigen. Aber sie war für meine Argumente taub. Sie hätte eine Verantwortung für das Kind, behauptete sie und marschierte entschlossen den Gang hinunter, Richtung Fahrstuhl. Es blieb mir nichts anderes übrig, als sie hinunterzubegleiten und den Pförtner zu bitten, ihr ein Taxi zu rufen. Sie bestand nicht darauf, daß ich sie heimbrachte. Es wäre nichts Bestimmtes, meinte sie, und schon gar nicht wäre es etwas Schlimmes. Aber sie war immer noch blaß und verschreckt, und ehe ich sorgsam die Taxitür schloß, sah sie mich an, als wüßte sie nicht genau, ob sie mich zu ihren Feinden rechnen sollte oder nicht.

Ich hastete wieder hinauf.

Als ich eintrat, hatte sich die Szene verändert. Mutter weinte. Ihre Schwester hatte endlich die Rückenlehne gefunden und saß erstarrt, leicht nach hinten gekippt, die baumelnden Füße über dem Boden. Onkel Peter, der jüngste Bruder, war verstummt. Offenbar hatte ein wichtiges Ereignis seinen Redestrom zum Versiegen gebracht. Forschend sah ich vom einen zum andern, konnte jedoch nichts Besonderes entdecken. Daß Mutter weinte, geschah regelmäßig und war nur eine Frage der Zeit. Auch an ihrer Schwester war nichts Auffälliges zu bemerken, vorausgesetzt, man empörte sich nicht schlechthin gegen die Eigenheiten des Alters. Die andern sahen mehr oder weniger töricht aus, aber das taten sie immer.

Ich ließ die Türklinke nicht eher los, als bis ich mir das Außerordentliche meiner Perspektive klargemacht hatte. Zum ersten Mal sah ich uns so, wie uns der Onkel sah. Erst jetzt, wo ich seine Position innehatte und nicht mehr heimlich nach links und nach rechts schielen mußte, um ein flüchtiges, ausschnitthaftes Bild zu erhaschen, verstand ich, warum er stets auf der genauesten Einhaltung seiner Anordnungen bestand. Das Arrangement war hervorragend, und ich bedauerte einen

Moment, daß meine Frau und gewissermaßen auch ich selbst nicht anwesend waren. Immerhin hatten wir zwei leere Stühle auf der linken Hälfte der Reihe hinterlassen, und die Harmonie des Gesamteindrucks war gestört.

Ich ließ mir Zeit und nahm den Anblick in mich auf. Ich wußte, diese Gelegenheit kam nicht wieder. Ich musterte sie alle der Reihe nach, die direkten Verwandten und die angeheirateten, und freute mich an der Abwandlung der Familienmerkmale und an den bis in die Physiognomie reichenden Anpassungsleistungen der Eingeheirateten. Gern hätte ich gesehen, wie meine Frau und ich uns in dieser Reihe ausnahmen. Die törichte Grete! Sie glaubte sich dispensiert und gerettet. Sie ließ sich im Taxi heimfahren und ahnte nicht, daß ein Stuhl hier unerbittlich für sie freigehalten wurde. Sie dachte, das Kind würde sie retten, und in der Tat, solange sie schwanger war, hatte sie Narrenfreiheit. Aber aufs Ganze gesehen, was war schon ein Kind?

Ich drückte mich an der hochgezogenen Lehne des Seniorensessels vorbei und trat tiefer in den Raum. Dabei muß ich wohl gespürt haben, daß der Kontakt zwischen den aufgereihten Verwandten vor und dem Onkel hinter mir auf eigentümliche Weise unterbrochen war und die Spannung, die sich ihrer in seiner Gegenwart zu bemächtigten pflegte, nachgegeben hatte. Ich jedenfalls fühlte mich plötzlich wie befreit. Ich sah mich nach dem Onkel um. Er hielt das Kinn gereckt und machte einen «langen Hals», um der Luft den Zugang zu den Lungen zu erleichtern. Seine Nase war noch spitzer als gewöhnlich, die stachligen Wangen waren noch länger, die Löcher neben dem halbgeöffneten Mund, da, wo es die Haut wie in einen Krater hineinzog, noch tiefer. Seine Haltung war starr, wie wenn ein Ruck durch ihn hindurchgefahren wäre. Er war tot.

Ich marschierte an ihm vorbei zum oberen Ende der Reihe. Ganz außen, auf dem äußersten Stuhl, saß ein etwas vernachlässigter Vetter. Bei dem konnte ich mich erkundigen. Ich setzte mich auf den Platz meiner Frau, lehnte mich hinter dem Rücken eines anderen Verwandten zu ihm hinüber und fragte leise:

Wie ist es denn passiert?

Der breite Rücken jenes anderen Verwandten fuhr zusammen, und ich selbst erschrak über mein heiseres Flüstern. Nach einem peinlichen Schweigen, in dessen Verlauf der Vetter mich ununterbrochen angestarrt hatte, zuckte er schließlich mit einer unangenehmen Bewegung die Schultern und sagte in halb vorwurfsvollem Ton:

Aber ihr habt euch doch verkrümelt, als er starb!

Er gab sich keine Mühe, besonders leise zu sprechen, und hinter mir erhob sich ein Rascheln und Räuspern. Der Bann war gebrochen. Als ich mich umdrehte, trafen mich zahlreiche Blicke aus neugierigen Augen. Ich rückte unbehaglich auf meinem Stuhl.

Grete war nicht gut, sagte ich und versuchte ein bedeutungsvolles Zwinkern. Aber sie starrten mich nur verwundert an, und ich setzte der Unterhaltung wegen hinzu:

Ich habe sie in ein Taxi gesetzt.

Beifälliges Nicken. Ich hatte meine Frau mit dem Taxi nach Hause geschickt und mich damit als echtes Familienmitglied erwiesen. Wir waren knauserig, aber wir hatten ein Gespür für Situationen, in denen es gescheiter war, das Geld zum Fenster hinauszuwerfen. Wir wußten ziemlich genau, wann es keinen Sinn hatte zu geizen.

Einige waren aufgestanden und stolzierten mit Besitzermiene umher. Wie von ungefähr versammelten sie sich wieder vor dem Fenster.

So eine schöne Aussicht, sagte eine der Kusinen seufzend.

Seht mal, jetzt gehen die Lichter an!

Sie schwiegen ehrfürchtig eine Minute. Dann redeten alle durcheinander.

Auf keinen Fall geben wir das Appartement auf, ertönte die selbstbewußte Stimme eines Vetters. Es ist zwar teuer, aber dafür ist es auch im obersten Stock.

Es ist Süden, stimmte ihm seine Frau bei. Hier ist es immer hell.

Andere lauern nur darauf, daß hier oben etwas frei wird, fuhr der Vetter fort. Der Verwalter hat mir die Warteliste gezeigt.

Wenn man hinunterschaut, hörte ich die weinerliche Stimme meiner Mutter, dann weiß man wenigstens, wo man ist.

Die ganze Stadt liegt einem zu Füßen.

Alle zehn Finger lecken sie sich danach. Da wären wir ja dumm, wenn wir das Appartement aufgeben würden!

Wie auf Kommando wandten sich alle nach der Tante um. Sie verbarg sich halb hinter der Lehne ihres Stuhls und fing vor Aufregung an zu zittern. Wie Hagelkörner prasselten die Vorwürfe auf sie herunter.

Wie lange willst du noch in deiner Wohnung herumkrauchen? Sie ist doch viel zu groß!

Wenn du interessiert bist, solltest du lieber gleich zugreifen!

Wenn du dich erst lange zierst, dann schnappen dir andere das schöne Zimmer weg!

Am besten, sie bleibt gleich hier, schlug eine Kusine, die an das Faustrecht glaubte, vor. Dann kann es ihr wenigstens keiner mehr wegnehmen.

Sie wurde mit einer scharfen Kinnbewegung, die in die Richtung des Verstorbenen zielte, zum Schweigen gebracht.

Und außerdem haben wir bis zum Ende des kommenden Monats bezahlt.

Aber soviel ist richtig, daß wir hier nicht weggehen, bevor die Sache nicht entschieden ist, schränkte ein anderer ein.

Natürlich nicht! Natürlich gehen wir nicht weg! kam es vielstimmig zurück.

Vom Platz meiner Frau hatte ich die Vorgänge als leidenschaftsloser Beobachter verfolgt. Aber als die Front allmählich näher auf die Tante zu rückte, sprang ich, von Unruhe gepackt, auf und lief zur Tür. Gleich neben dem Eingang, genauer gesagt zwischen Tür und Bett, so daß er im Notfall auch vom bettlägerigen Patienten erreicht werden konnte, befand sich der Knopf, der das Personal alarmierte. Ein Druck auf den Knopf, hatte man uns beim Einzug des Onkels gesagt, und sie wären zur Stelle. Jetzt war es soweit. Hilfe tat not. Der Onkel mußte versorgt, auch der Tante mußte geholfen werden. Es war Zeit, die für alle unangenehme Situation zu beenden.

Drohend rückten sie auf die Tante zu.

Nun sag schon, ob du einverstanden bist!

Was willst du eigentlich?

Da kannst du lange suchen, bis du etwas Besseres gefunden hast!

Was heißt hier suchen? Wer will denn hier suchen? Du etwa? Das glaubst du doch selber nicht!

Und außerdem gibt es nichts Besseres!

Onkel Peter, der auf seinem Stuhl gelümmelt hatte, rückte mit einem Schwung zu den andern hinüber, schwang sich in den Reitersitz und linste spaßig über die Lehne, hinter der sich die Tante versteckte.

Und weißt du was? sagte er aufmunternd. Du darfst auch immer in dem schönen Sessel sitzen.

Ich gab mir einen Ruck und drückte auf den Knopf.

Nach Venedig der Liebe wegen

Jahrelang hatte Herr Klimt, Chef der Klimt KG, mit seiner Sekretärin in einer ebenso asketischen wie in Arbeitshinsicht fruchtbaren Partnerschaft gelebt. Als er, noch nicht sechzigjährig, von einer Lähmung ereilt wurde, die beinahe sämtliche Lebensfunktionen außer Kraft setzte und ihn zum totalen Pflegefall machte, entschloß diese Sekretärin sich, ihm, auch wenn es noch so überraschend käme, einen Heiratsantrag zu machen, und sie meinte, daß dieser Schritt gerade wegen ihres immer diskreten, tadellosen Lebenswandels gerechtfertigt wäre. Wäre es anders gewesen, es hätte auch nicht viel gemacht. Es war wie ein innerer Ruf, wie sie vor dem Krankenhauseingang stand und darüber nachdachte, was sie für ihren Chef tun, was ihm am meisten von Nutzen sein könnte. Sie wollte ihm ein Zeichen geben. Er sollte merken, daß er noch am Leben war. Er sollte wissen, daß er, unter einem zugegebenermaßen schwierigen Gesichtswinkel, immer noch derselbe war, und um ihm dies deutlich zu machen, mußte sie eben zu außergewöhnlichen Maßnahmen greifen. Ihr kamen sie übrigens gar nicht so außergewöhnlich vor. Für sie war das eine einfache Relation: daß sie seine Sekretärin war, solange er gesund, munter und stabil war, und daß sie seine Ehefrau wurde in dem Moment, wo er Gesundheit, Munterkeit und Stabilität verlor. Sie war übrigens nicht ganz vierzig, als das Unglück passierte.

Geldgier war es nicht, was sie zu ihrem Schritt veranlaßte, und das war auch das erste, was er bei Erhalt des Antrags erwog. Man wußte übrigens nicht, wieweit er überhaupt noch zu erwägen imstande war. Aber der behandelnde Arzt glaubte, dafür einstehen zu können, sowohl, daß er den Antrag richtig aufgenommen, als auch, daß er ihn angenom-

73

men habe. Ansonsten war er Witwer mit beinahe erwachsenen Söhnen. Er konnte Geld ausgeben zu seinen Lebzeiten, soviel er wollte. Aber die Erbschaftsdrittelung war unwiderruflich festgelegt. Außerdem konnte er in seinem Zustand hundert Jahre werden. Die Trauung fand am Krankenbett statt. In die Rehabilitationsklinik, wo ihm das kleine Einmaleins seines künftigen Überlebens beigebracht werden sollte, begleitete die ehemalige Sekretärin ihn schon als seine Frau. Sie hieß etwas altmodisch Lotte, Lotte Radtke, und war jetzt Frau Klimt.

Im täglichen Kontakt mit dem Kranken konnte Lotte, jetzt Frau Klimt, sich bald ein Bild vom Ausmaß der Krankheit ihres Gatten machen, und ebensoschnell begriff sie den eigentlichen Zweck ihres Aufenthalts in der Rehabilitationsklinik, in der sie gemeinsam beinahe vier Monate zubrachten. Beide sollten sie an die notwendigen Pflegehandlungen gewöhnt werden. Das heißt, er sollte reflexologisch, wie es hieß, auf ihre Pflegehandlungen eingestellt und dazu gebracht werden, daß er im jeweiligen Moment das tat, was sie jeweils von ihm verlangte, wobei selbstredend die einzelne Handlung regelmäßig, pünktlich und in einem umfassenden Sinn richtig ausgeführt werden mußte. Als das Ehepaar Klimt sein Klinikappartement für den nächsten schweren Fall räumte, war Lotte beinahe nicht wiederzuerkennen. Streng, gefaßt, fast ebenso ausdrucksarm wie ihr Mann, in einem dunkelblauen Kostüm, das zweifellos noch aus ihrer Sekretärinnenzeit stammte, war sie die perfekte Begleiterin eines schwer chronisch kranken Mannes, verantwortungsbewußt, entscheidungsfreudig, in jeder Hinsicht unabhängig und vor allem weisungsunbedürftig, daß niemand die ehemalige Sekretärin und Angestellte in ihr vermutete. Da sich gerade in den allerletzten Rehabilitationswochen ein stationärer, resignativer Zug in die Entwicklung eingeschlichen hatte, beschloß das Ehepaar, wenn man von einem Beschluß reden darf, sich auf keinen Fall in der vertrauten häuslichen Umgebung zu installieren, in der Herr Klimt die letzten arbeitsreichen Jahre verbracht hatte, sondern auf Reisen zu gehen. Das entsprach der neuen

Unabhängigkeit, in der sie sich befanden, und würde deprimierende Erinnerungen ebenso verhindern wie möglicherweise den einen oder anderen kleinen Fortschritt ermöglichen. Sie reisten nach Venedig.

Jeden Morgen wurde Herr Klimt in einem komfortablen Rollstuhl auf den Markusplatz geschoben und fein seitlich neben dem äußersten Tischchen eines der zahlreichen Straßencafés abgestellt. Dort saß er bewegungslos und natürlich ohne eine Miene zu verziehen - denn Gesichtsmuskeln und -nerven waren vollständig gelähmt - bis gegen Mittag und ließ die Touristenscharen an sich vorüberziehen. Seine Frau saß neben ihm, aufrecht im dunkelblauen Kostüm, ohne Handarbeit und nur mit einem Espresso vor sich auf dem Tischchen, damit der Kellner sich nicht beschweren konnte. Gegen zwölf zahlte Frau Klimt den Espresso, den sie nicht angerührt hatte, und schob ihren Mann zum Hotel zurück. Ein geräumiger Lift nahm den Rollstuhl auf, so daß sie ohne fremde Hilfe in ihr Appartement gelangen konnten. Dort nahmen sie, jeder auf seine Weise, ihre Mittagsmahlzeit ein.

Herr Klimts Überleben war, man muß schon sagen, ein Wunder der Technik. Zwar hatte seine Lähmung die Zentren, Herz, Lunge usw., verschont. Dafür hatte sie sich auf die peripheren Bezirke gelegt. Es war wie eine Querschnittslähmung, aber mit schweren Lähmungen ebenso nach unten wie nach oben. Was sich im Kopf tat, wußte wie gesagt niemand. Medizinisch war die Lähmung ungeklärt. Wie in einem Krampf hatten sich insbesondere die nahrungaufnehmenden Organe verzerrt. Das geschah so offensichtlich ohne jeden physischen Grund, daß man noch auf Rehabilitation hätte hoffen können. Andererseits hatte man beinahe stündlich, von Röntgenbild zu Röntgenbild, verfolgen können, wie sich die schwersten physiologischen Folgen aus diesem grundlosen Krampf ergaben. Der Prozeß mochte zwar grundlos sein, jedenfalls war er irreversibel, wie die Ärzte sagten. Keine medizinische Kunst konnte ihn rückgängig machen. In kürzester Zeit hatte eine spektakuläre Atrophie, eine Rückbildung der wie im Krampf gelähmten nahrungaufnehmenden Organe, stattgefunden, und was sich nicht zurückbildete, war mit seiner Umgebung hoffnungslos verbacken. Der Fall war gut für die Dauerinfusion, ein Gebiet, auf dem man in den letzten Jahren reichlich Erfahrung gesammelt hatte. Der Patient würde nie mehr in seinem Leben auf normalem, korrektem Wege Nahrung aufnehmen können, das war klar. Wenn er am Leben erhalten werden sollte, dann mußte dies über die Blutgefäße geschehen, mit allen trüben Aussichten, was die dauernde medizinische Betreuung und die mit Sicherheit zu erwartenden Krankheiten an der Vene betraf. In dieser Situation, die die Ärzte vor die ausweglose Alternative stellte, den Patienten auf höchst aktive Weise sterben zu lassen oder ihn auf höchst barbarische Weise am Leben zu erhalten, fand sich glücklicherweise ein Chirurg, der von der Krankheit zwar nichts verstand, aber sich dafür bereit erklärte, einen künstlichen Nahrungsweg durch die Brust, an der verkrampften Speiseröhre vorbei zwischen Magen und, sagen wir, Schlüsselbeingrube zu legen. Er war von enormer manueller Geschicklichkeit und einem hohen technischen Vorstellungsvermögen, dafür rücksichtslos genug, um das ins Werk zu setzen, was sie alle dachten, nämlich entweder dem Patienten zu einer annähernd menschlichen Nahrungsaufnahme zu verhelfen oder aber ihn in Ehren auf dem Operationstisch zugrunde gehen zu lassen. Die Operation gelang. In der natürlichen Grube des Schlüsselbeins, die der Volksmund als Salzfäßchen bezeichnet, wurde ein künstlicher Mageneingang geschaffen und der Patient von da an ganz normal ernährt. Als Speiseröhre diente, wie in solchen Fällen üblich, ein Stück vom Darm. Am Eingang hatte der sensible Techniker einen kleinen Wulst oder Kranz gelegt, der der Arbeit insgesamt einen irgendwie unsauberen, dilettantischen Zug gab, von ihm aber in vollem Bewußtsein angelegt worden war, da er wenigstens andeutungsweise einen Ersatz für Mund und Lippen hatte schaffen wollen; denn, so hatte er richtig überlegt, wenn irgend etwas die Nahrungsaufnahme mit Genuß verband, so war es die wenn auch noch so geringfügige Verzögerung ihres Transports in den Magen, der wie immer nur andeutungsweise breite Kontakt mit der Schleimhaut. Nun, die Kollegen hätten es lieber gesehen, wenn das Ganze ohne «Mund» geblieben wäre, sauber, nüchtern, steril, ohne die falsche Romantik der Organnachbildung. Aber der ausführende Chirurg hatte sie vorher nicht gefragt, und nachher, nun nachher war es eben zu spät.

In diesen «Mund» nun füllte Frau Klimt tagtäglich die notwendige Nahrung, in der ersten Zeit nur streng Passiertes, später auch Gehacktes, Gequetschtes und Gerührtes. Die Mahlzeiten vollzogen sich in einer Atmosphäre größtmöglicher Aufmerksamkeit. Sie waren die Höhepunkte des Tages. Jeder Löffel voll, den Frau Klimt in die neue, so raffiniert einfach angelegte Mundöffnung hineingab, wurde von ihr mit ruhigen, freundlichen Worten kommentiert. Dabei versuchte sie - auch nach so relativ langer Zeit immer noch nicht entmutigt - einen Ausdruck der Sättigung, ein noch so geringfügiges Zeichen von Abscheu, Überdruß zu erhaschen; denn natürlich «mußte» Herr Klimt seinen Teller nicht «leeressen». Andererseits war die Menge der Mahlzeit wohlberechnet, und solange er sich nicht verständlich machen bzw. solange sie die sicherlich vorhandenen Signale nicht auffangen konnte, wurde diese berechnete Menge verabreicht. Oft genug freilich und ohne daß man vorher auch nur das geringste hätte ahnen können, drehte bei den letzten Löffeln der Magen des Patienten sich um und gab die Mahlzeit vollständig wieder heraus. Frau Klimt gewöhnte sich darum, gelegentlich den letzten Bissen wegzulassen. Bist doch satt, sagte sie in ihrer ruhigen, geschäftsmäßigen Art. Man soll nicht mehr essen, als man wirklich mag, sagte sie, legte den Löffel zu dem verbliebenen Restchen Speise auf den Teller, erhob sich, lächelte ihrem Mann zu und trug den Teller zu der kleinen Anrichte hinüber, wo sie die Speisen zubereitete. Diese Eigenmächtigkeit, dieser winzige Eingriff in das so sorgfältig vorgeschriebene Leben des Patienten, hatte sie zuerst selbst tief beunruhigt. Sie spürte förmlich seinen Blick im Rücken. Vielleicht meinte er, sie gönnte ihm das Essen nicht. Unruhig warf sie einen Blick zurück, aber als sie sah, daß seine Augen ihr keineswegs gefolgt waren, daß er vielmehr wie immer teilnahmslos vor sich hin blickte, da faßte sie wieder Mut, und sie bekannte sich zu ihrer Entscheidungsfreiheit. Ihr Mann hatte seine Ausdrucksfähigkeit verloren. Es war nicht anzunehmen, daß er sich seine Ausdrucksbedürfnisse restlos bewahrt hatte. Wahrscheinlich war er abgestumpft. Jedenfalls war es unsinnig und töricht anzunehmen, daß seine womöglich noch vorhandenen Bedürfnisse in unbedingtem Gegensatz zu ihren liebevollen und sorgfältigen Interpretationen standen. Sinnvoller, ermutigender war es dagegen, davon auszugehen, daß sie mit ihrer kleinen Politik der Bedürfnisse ihm die Ausdrucksseite zurückgab, über die er selber nicht mehr verfügte. Erst seitdem sie es ihm unterstellte und bald einen halben, bald einen ganzen, ja manchmal sogar zwei Löffel auf dem Teller zurückließ, hatte er wirklich einen von Tag zu Tag wenn auch noch so geringfügig unterschiedlichen Appetit. Von diesen künstlichen kleinen Restriktionen, die ihrer erfahrenen Ansicht nach ihrem Mann, ob begründet oder nicht, nur guttun konnten, war es dann noch ein gewaltiger Schritt bis zu der auf den ersten Blick völlig unspektakulären Umkehrung: daß er, wenn er an einem Tag auf ihre freundliche Unterstellung hin ein wenig gefastet hatte, am folgenden mit einem beträchtlichen Aufwand an kommentierenden Worten zwei Löffel mehr bekam. Es war wirklich ein gewaltiger Schritt, wenn er sich auch mehr in Worten als in Gramm niederschlug; denn die Menge der Mahlzeiten beträchtlich zu erhöhen, dazu fehlte ihr, der mittlerweile gewieften Ernährungsphysiologin, einfach der Mut. Aber auch so war das Unternehmen gewagt. Frau Klimt zweifelte nicht einen Augenblick daran, daß ihr Mann nach einer solchen Mahlzeit mit einem unangenehmen Völlegefühl zu kämpfen hatte. Warum sie diese Prozedur dann nicht unterließ, die dem Patienten im Wortsinn nur Bauchschmerzen bereiten konnte, war eine dämliche Frage. Es war ja der Unterschied ums Ganze, die differentia humana, der Unterschied zwischen Mensch und Patient, was hier in Frage stand. Auf möglichst kleiner Flamme, bei dauerhaft reduzierten Mahlzeiten, leben, das konnte schließlich jeder. Aber

Völlerei treiben, über den diätetisch vorgeschriebenen Appetit hinaus essen, das war etwas anderes, das war beinahe schon ein Ausdruck von Persönlichkeit.

In Venedig war immer Saison. An den Pfingsttagen gingen die Wellen des Tourismus förmlich über den Rollstuhl hinweg. Als der Hochsommer den Markusplatz leerte, gewöhnte Frau Klimt sich daran, ihren Mann täglich wenigstens für eine halbe Stunde in eine der zahllosen umliegenden Kirchen zu schieben. Dort war es wunderbar kühl. Sie schob den Rollstuhl vor ein berühmtes Bild, einen berühmten Altar, setzte sich selbst in eine Kirchenbank, und so blieben sie, bis etwa eine halbe Stunde verstrichen war. Auf diese Weise machten sie sich nach und nach mit den venezianischen Kirchenschätzen vertraut. Als es Herbst wurde und der Markusplatz unter dem erneuten Ansturm von Touristen schier zusammenbrach, dehnten Klimts ihre Kirchenbesuche sogar noch aus. Es war die Zeit der Konzertfestivals, und mehr als einmal wurden sie Zeugen von Proben oder sogar Generalproben, in deren feierlichem Verlauf Frau Klimt, und möglicherweise sogar ihr Mann, Krankheit und Sorgen vergaß. Beinahe wie Verschwörer kehrten sie nach solchen Extratouren verspätet in ihr Hotel zurück. Jetzt heißt's beeilen, sagte Frau Klimt und schob den Rollstuhl auch nicht um einen Deut schneller als sonst; denn das war für den Gleichgewichtssinn ihres Mannes gefährlich. Jetzt müssen wir uns aber beeilen, sagte sie, Sankt Markus hat schon geschlagen, du lieber Himmel, heute sind wir aber wirklich spät dran! Äußerlich mit allen Zeichen der Hast, in Wirklichkeit auch nicht eine Sekunde schneller als sonst, schob sie den Rollstuhl durch die Tür des Hotels und ging mit gemessenen Schritten zum Fahrstuhl. In ihrem Appartement angekommen, klapperte sie mit dem Löffel ein wenig heftiger als sonst und richtete die einfache, im Fertiggläschen erhitzte Speise an. Ihr Mann sollte ruhig merken, daß alles mit einer gewissen Hast geschah, daß sie es - warum eigentlich? - eiliger hatten als gewöhnlich. Er würde das Essen weniger sorgfältig zubereitet finden, ein wenig zu heiß vielleicht oder zu lau. Du mußt ja Hunger haben, sagte sie in dem freundlichen, gemessenen Ton, in dem sie immer mit ihm sprach; denn nach ärztlicher Vermutung faßte er, wenn überhaupt, dann nur sehr langsam auf. Du mußt Hunger haben, sagte sie, es ist ja beinahe eine Stunde später als sonst, und ausgerechnet heute früh hast du so wenig gegessen. Weißt du was, sagte sie fröhlich, während sie zu ihm herüberkam, und schlug die Speise mit dem Silberlöffel, daß sie Blasen warf, ich habe heute einfach eine Konserve warm gemacht - das tat sie freilich immer -, aber ich sage dir, es riecht wirklich appetitlich. Spinat, mmh, die Italiener verstehen das eben besser als wir. Ich habe eine italienische Marke gewählt, du wirst staunen.

Sie war noch einmal umgekehrt und hatte die vergessene Serviette von der Anrichte geholt, dabei fortwährend redend und den Spinat mit dem Löffel traktierend. Als sie sich umdrehte, wäre ihr allerdings der Teller beinahe aus der Hand geglitten. Sie sah es sofort, und das war auch keine Kunst; denn bei der absoluten Bewegungslosigkeit ihres Mannes war es wie ein Erdbeben, bei seiner absoluten Schweigsamkeit, seinem restlosen Verstummen war es wie ein lautes, ungehöriges Wort: Aufgeregt offenbar durch das appetitanregende Geklapper, die lebhaften Worte der Köchin zog zum ersten Mal überhaupt seit jener Operation der neue Mund die in unordentlichem Gekräusel um ihn gelagerten Lippen ein. Es gab ein leise schmatzendes Geräusch, als die Lippen beinahe vollständig in der Öffnung verschwanden. Frau Klimt sah regungslos zu. Sie ahnte, was jetzt kam, obwohl sie es noch nie gesehen hatte. Ebenfalls mit einem leisen Schmatzen stülpte der Mund die Lippen wieder aus. Noch einmal ließ sie es geschehen, sah atemlos zu, wie das Gekräusel verschwand und schimmernd vor Feuchtigkeit wieder zum Vorschein kam. Dann hatte sie sich gefangen. Es war auch keine Zeit zu verlieren. Sie sah es förmlich, wie im Magen ihres Mannes die Verdauungssäfte sich sammelten. Sie trat zum Rollstuhl, schlug den Spinat noch einmal kräftig durch und meinte, während sie den ersten Löffel in die neugeschaffene Öffnung schob:

Da läuft einem ja das Wasser im Munde zusammen bei so einem Spinat!

Venedig ist eine alte Stadt, natürlich. Womit ich nur sagen will, daß sie nicht behindertengerecht ist. Ihr absoluter Mangel an Autos ist vielleicht ihr einziger Vorzug, auch wenn der natürlich beträchtlich ist. Aber schon die Gondeln lassen zu wünschen übrig. Und erst die Paläste! Als der Herbst voranschritt, wurde Frau Klimt ein regelmäßiger Kunde der Leihbibliotheken. Sie arbeitete nach, was sie an Kunstschätzen in den Kirchen gesehen hatten, und informierte sich, was in den unzugänglichen alten Palästen lagerte. Stunden verbrachte sie in ihrem wunderschönen, leider nur mäßig geheizten Hotelzimmer über den Büchern, studierte das Kleingedruckte ebenso wie die Bildunterschriften und nannte nach ihrer Gewohnheit laut die Besonderheiten, die sie merkenswert fand. Stell dir vor, murmelte sie, das Bild in der ...kirche, weißt du, wo wir neulich das Konzert gehört haben, das ist gar kein Tizian. Die Leute denken immer, daß es ein Tizian ist. Aber es ist gar kein Tizian. Ich habe doch auch gedacht, murmelte sie, daß es ein Tizian ist. Sie lachte leise und las angeregt weiter. Und hier steht, sagte sie und hob den Kopf und hielt mit dem Zeigefinger die Zeile fest, hier steht, daß das Bild daneben noch viel berühmter ist. Mir ist es gar nicht aufgefallen. Hast du gesehen, daß da noch ein Bild war?

Es war am hellichten Vormittag, beinahe haargenau zwischen Frühstück und Lunch, die Zeit, wo das Ehepaar Klimt jetzt regelmäßig studierte. Frau Klimt sah ihren Mann auffordernd an, so als erwartete sie von ihm eine Antwort. Er saß wie immer regungslos in seinem Sessel, die Augen teilnahmslos geradeaus gerichtet. In der Schlüsselbeingrube aber tat sich was. Frau Klimt hielt die Stelle zwischen den Mahlzeiten sonst immer bedeckt. Aber heute hatte sie ihrem Mann ein Hemd mit einem weichen Matrosenkragen angezogen, der ließ die künstliche Öffnung frei. Frau Klimt sah verdutzt, wie sich die Oberfläche kräuselte. Es war wie gesagt noch lange bis zum Lunch, und es war undenkbar, daß ihr Mann, bei dem ja einzig die angelernten Reflexe funktionierten, sich hierin irrte. Machte die Stelle das vielleicht immer so unter dem Hemd?

Frau Klimt hätte nie gedacht, daß es für sie an ihrem Mann noch etwas zu entdecken gab. Und sie hätte es auch nie verlangt. Erregung befiel sie, als sie sah, wie die künstlichen Lippen sich kräuselten. Sie vergaß den falschen Tizian und was daneben hing. Stumm, die Augen fest auf die sich kräuselnden Lippen geheftet, näherte sie ihren Finger, spürte prickelnd einen Moment, wie die senkrecht auf und absteigenden Wellen unter dem unvorhergesehenen Druck, der von diesem Finger ausging, sich brachen, und bot dann mit festen, nicht sanften und nicht harten Kreisbewegungen den unablässig sich kräuselnden Hautfältchen Widerpart.

So losgelöst von ihr schien Frau Klimt selbst die unablässige Bewegung ihres Fingers, so unabhängig und fremd gegenüber allem, was sie auf sich selbst bezog, daß sie kolossal überrascht war, als sie sich plötzlich mit dem ganzen Oberkörper über ihren Mann beugte, mit dem Zeigefinger gehorsam zur Seite wich und einen Kuß auf die jetzt beinahe noch höher als vorher gekräuselten Lippen drückte. Bis in die entferntesten Bereiche ihres Körpers spürte sie die selbständige Bewegung der anderen Lippen, und wieder spürte sie einen unwiderstehlichen Drang, ihre eigenen Lippen zu öffnen und mit ihrer Zunge, einer wohlgeformten, scharfumrissenen Sekretärinnenzunge, die Stärke des von den gegenüberliegenden Lippen ausgehenden Sogs zu erkunden.

Der Rest ist eheliches Geheimnis. Fest steht nur, daß, als der Zimmerkellner mit dem sauberen Geschirr für die Lunchvorbereitung erschien, Lotte mit hochroten Backen wie ein junges Mädchen aufsprang und sich mit abgewandtem Gesicht an der Anrichte zu schaffen machte, damit er ihre Erregung nicht bemerkte.

Stellen Sie es nur auf den Tisch, sagte sie heiser und mit trockener Zunge und schielte dann doch zu ihm hinüber, ob er nicht etwas merkte. Aber er merkte natürlich nichts.

Was ist im Mittelfeld los?

Kalle rennt hinüber zu seinem Freund, faßt seine Hand und zählt die Pulsschläge, winkt mit der einen Hand den Männern mit der Trage, mit der andern der Braut des Verletzten und bleibt dann einen Augenblick abwartend stehen und starrt in das blaß gewordene Gesicht seines Freunds und hört nicht das Protestgeschrei, das Johlen ringsum. Im Galopp kommen die Männer mit der Trage über den Rasen. Von der Tribüne quält sich mühsam die Braut herunter. Alle sind aufgesprungen, pfeifen, rudern mit den Armen. Sie kämpft sich durch die Reihen und murmelt: Ich bin die Braut. Aber es hört sie Gottseidank keiner. Mit gerunzelter Stirn sieht der Schiedsrichter auf seine Uhr und überschlägt die verlorengegangene Zeit.

Kalle steht neben seinem Freund und versucht sich zu erinnern, was mit dem Puls war. Aber er ist kein Arzt. Als die Männer da sind, dreht er sich abrupt weg und geht hinüber zur Braut, die soeben den Rasen betritt. Bei dem, was jetzt kommt, muß er ihr vorher die Hand geben. Er gibt ihr die Hand, und sie sagt: Ich bin die Braut. Aber das ist ganz unnötig, denn er kennt sie schon ewig, und bevor sie mit seinem Freund, hätte er beinahe mit ihr etwas gehabt. Er befreit seine Hand, obwohl sie mit ihren Stöckelabsätzen auf dem Rasen einen starken Arm gebrauchen könnte, und läuft hinüber zu seinem Trainer. Er vermeidet den Blick, der ihn nach dem Verletzten fragt, und schlüpft aus dem Trainingsanzug. Weißt du, sagt der Trainer und hält ihm die Schuhe hin, im Mittelfeld ist es anders. Im Mittelfeld mußt du... Kalle schlägt mit den Armen und beugt federnd den Rumpf, daß die flachen Hände den Rasen berühren. Trippelnd wartet er, daß es losgeht. Paß auf, sagt der Trainer, du bist es nicht gewohnt.

Aber als er sieht, daß Kalle schon nicht mehr hört, zuckt er mit den Schultern und winkt dem Assistenten, damit der ihn begleitet. In dem Augenblick, wo die Männer mit der Trage das Spielfeld verlassen, steht Kalle erneut auf dem Rasen.

Der Schiedsrichter mustert ihn mißtrauisch, so als wollte er ihn fragen, wieviel Ärger er ihm zu machen gedenkt, und Kalle bekommt unwillkürlich ein schlechtes Gewissen. Eilfertig hebt er die Füße und zeigt seine Stollen. Aber der Schiedsrichter sieht gar nicht hin. Mit den Augen verfolgt er die trippelnde Braut und pfeift in der Sekunde, wo der letzte Stöckelabsatz das Spielfeld verläßt. Sein Flugzeug geht fünfundvierzig Minuten nach dem Spiel, und er hat keine Zeit zu verlieren. Ehe Kalle richtig begriffen hat, in welcher Hälfte er spielt, bekommt er einen Ball vor den Latz, daß er wankt.

Im Mittelfeld ist es anders, das merkt er sofort. Aber er hat es ja selbst gewollt, und er läßt sich nicht bange machen. Scheinbar willenlos treibt er mit den andern mit, bleibt dabei aber immer einen halben Schritt zurück und lauert. Verdammt eng hier, denkt er. Es zwickt ihn, daß die andern an ihm vorbeilaufen und er hängt hinten nach. Vorn ist er von allen der Schnellste gewesen, und er ist gerannt, daß man dachte, er fliegt. Wenn er sich umgedreht hat, hat er immer nur festgestellt, daß die andern nicht halb so schnell waren wie er. Von Taktik, Ordnung keine Spur. Jetzt, von innen, muß er zugeben, daß er sich geirrt hat. Er hat keine Ahnung gehabt, wie es im Mittelfeld ist, keinen blassen Dunst. Er beißt die Zähne zusammen, als er auf beiden Seiten dicht überholt wird. Nur jetzt nicht wegrennen! denkt er. Mit der Fußspitze nimmt er den Ball an, den sie auf ihn zurückgespielt haben, und befördert ihn durch einen schmalen Korridor geschickt bis nach vorn. Erst spät kapiert er, daß der aufrauschende Beifall ihm gilt, seiner Aktion. Er reckt sich. Zum ersten Mal fühlt er sich im Mittelfeld am richtigen Platz. Er will ihnen zeigen, daß er hier richtig ist, und macht unbedacht ein paar glänzende Züge.

Wie er das erste Mal stürzt, denkt er noch, es geschieht ihm recht, und außerdem gehört es sozusagen dazu. Was muß er sich auch hervortun, wo er gerade erst angefangen hat? Er blickt restlos durch, glaubt er wenigstens, aber er ist dennoch wie betäubt. Er ist gestürzt, natürlich, er hat die Nase in den Rasen gebohrt. Aber er weiß nicht, wie er gestürzt ist, und er ist anders gestürzt als sonst. Vorn, wenn er da gestürzt ist, hat er es immer kommen sehen. Er ist Läufer von Natur aus, und er hat es kommen sehen. Er hat es gespürt, wenn er anfing, über seine eigenen Beine, über sein eigenes Tempo zu stolpern. Im letzten Augenblick hat er sich dann gestreckt und ist im Hechtsprung weit nach vorn geflogen. Wie ein Flugzeug ist er zu Boden gestürzt, noch im Aufprall von dem stolzen Gefühl getragen, an seiner eigenen Schnelligkeit gescheitert zu sein. Ich bin zu schnell gerannt, hat er gedacht, wenn er am Boden lag und verschnaufte. Wieder mal zu schnell gerannt, hat er gedacht und die Pause auf dem weichen Rasen genossen. Seine Knochen waren heil, und das war das wichtigste. Es machte ihm nichts, wenn er stürzte, Hauptsache, er hielt Arme und Beine gestreckt. Jetzt ist es anders. Er ist unangenehm aufgekommen, der ganze Körper ist geprellt. Weiter unten an seinem rechten Bein, in Schienbeingegend, da ist eine Stelle, die ist noch anders. Würde Kalle gefragt, er müßte darauf beharren, daß es kein Schmerz ist, nur eine unangenehme Betäubung, eine sehr unangenehme Betäubung! Es dauert eine Weile, bis er begreift, warum diese Stelle anders ist. Da hab ich etwas abgekriegt, denkt er. Aha, denkt er, da hab ich etwas abgekriegt.

Er schämt sich, als er merkt, in was für einer Haltung, mehrfach verschraubt, er am Boden liegt. Er weiß nicht, wie er gestürzt ist. Er hat es nicht kommen sehen. Er hat wohl etwas vorgehabt, zweifellos wieder eine gute Aktion, und plötzlich war er weg. Plötzlich war ich weg, denkt er und sieht sich, wie er seinem Trainer berichtet. Plötzlich war ich weg, denkt er und erschrickt, als er merkt, daß er träumt. Hastig rappelt er sich auf, schüttelt den benommenen Kopf und rennt los. Er rennt hinter den andern her, stoppt, wenn die stoppen, läuft locker zurück, wenn man das locker nennen kann, daß er das eine Bein nachzieht und daß seine Bewegungen überhaupt reichlich mechanisch, reflexhaft sind.

Plötzlich kommen sie ihm entgegen, Konterangriff, und er rast zurück. Vor dem eigenen Tor, im größten Gewühl, wie der Gegner eine Ecke tritt, kommt er zum zweiten Mal zu Fall. Er steht sofort wieder auf, unnötigerweise, denn der Ball ist weit im Aus gelandet, aber er will nicht wieder träumen. Ruckhaft schnellt er in die Höhe und bleibt taumelig stehen. Er hat etwas Wichtiges gesehen, ehe er gestürzt ist. Da ist etwas gewesen, das hatte er sich merken wollen. Unmittelbar, bevor er gestürzt ist, hat er etwas gesehen. Wenn er sich jetzt erinnerte! Aber er erinnert sich nicht, und er trabt schon wieder los.

Kalle trabt mit den andern zurück, einen häßlichen spitzen Schmerz im linken Fußgelenk. Ihr Schlußmann hat den Ball bis weit in die Hälfte der andern geschossen. Kalle trabt in Richtung gegnerisches Tor, aber in Gedanken ist er noch bei der Ecke. Es war ein entsetzliches Gedränge, natürlich, und kurz bevor er zu Boden gegangen ist, hat er noch etwas Wichtiges gehen. Komisch, denkt er, bevor er sich auf den Ball konzentriert, war da die Ecke eigentlich schon getreten oder nicht?

Der Ball ist zurückgekommen und landet vor seinen Füßen. Kalle muß beinahe grinsen. Das kommt davon, wenn der Schlußmann ihn bis weit in die gegnerische Hälfte schießt, bloß damit er weg ist. Da kommt er natürlich zurück. Aber jetzt wird er mal zeigen, wie man mit dem Ball umgeht, wie man aus dem Mittelfeld heraus operiert. Behutsam nimmt er den Ball auf den Fuß, schlurft gedankenlos mit ihm über den Rasen, macht so herum, als wollte er ihn unbedingt verstolpern, und trödelt so lange, bis er vorn einen freistehenden Kameraden entdeckt, der in einem Irrsinnswinkel zu ihm steht, aber er kann es schaffen. Schlurfend legt er sich den Ball zurecht, schiebt ihn im letzten Moment noch blitzschnell an einem Abwehrspieler vorbei, damit der Winkel nicht mehr ganz so irrsinnig ist, läuft los und - ist weg, untergegangen in einem orangenen Nebel! Genau in dem Moment, wo er das Körpergewicht ganz auf das andere Bein verlagert hat - aber er kann auch mit dem andern Bein, nur müßte er das Körpergewicht dann auf das andere... -, in dem Moment ist er weg, untergegangen in einem orangenen Nebel.

Er merkt nicht, daß das Spiel unterbrochen wird. Er träumt. Er träumt Szenen aus dem Boxring; denn er hat früher geboxt. Er träumt, daß er ausgezählt wird, obwohl er in Wirklichkeit nie ausgezählt worden ist. So, wie sie das damals gemacht haben, war es ein schöner Sport. Aber jetzt träumt er, daß er ausgezählt wird. Sechs, sieben, hat der Ringrichter gezählt, acht und neun will er nicht mehr abwarten und wacht auf. Langsam steht er auf. Hinten haben sie ein Grüppchen gebildet und besprechen die Taktik. Um ihn herum warten sie, daß er wieder steht. Er hebt den Kopf, was eine schwierige Aufgabe ist, eine richtige Mutprobe, und sein Blick fällt auf den Schiedsrichter, der ihn aus angemessener Entfernung mißtrauisch beäugt. Rasch hebt er den Kopf noch ein bißchen höher und lockert versuchsweise die Beine. Das ist für den Schiedsrichter das Signal, das Ende der Unterbrechung zu pfeifen. Kalle bückt sich noch hastig, um seine Stulpen zu richten - obwohl das nicht schlau ist, denn der Magensaft läuft ihm in den Mund, und er muß schlucken und schlucken -, und im Bücken sieht er seinen Trainer verkehrt herum, natürlich, wie er am Spielfeldrand auf und ab geht, den einen Arm vertraulich um die Schulter eines Nachwuchsspielers gelegt, eines der Jüngsten von der Bank. Kalle richtet sich wieder auf und schluckt kräftig zwei-, dreimal. Er hat seinen Platz im Sturm nicht aufgegeben, um bei der ersten Krise aus dem Mittelfeld zu verschwinden. Außerdem will er wissen, was mit seinem Freund passiert ist, dem von vorhin und dem davor, das war auch sein Freund. Immer hat er seine Freunde im Mittelfeld gehabt, weil die Konkurrenz im Sturm groß war, da kam keine Freundschaft auf, und außerdem, wenn man vom Mittelfeld aus unterstützt wird, ist man als Stürmer eben fein raus. Fein raus. Kalle spuckt ein bißchen, Spucke, denkt er, tatsächlich jede Menge Magensaft und ein bißchen Blut. Spucke, denkt er und schlägt versuchsweise einen leichten Trab ein. In seinen Ohren ist ein großes Tosen, das er für das Raunen des Stadions hält. Er denkt, sie raunen, weil man ihn gelegt hat, weil der Schiedsrichter keinen Elfmeter gegeben, keinen vom Platz gewiesen hat. Sie raunen, denkt er, weil ihm keiner aufgeholfen hat, nicht einmal die eigenen Kameraden. Er denkt, sie raunen seinetwegen, und er schämt sich.

Er ist aber doch schlauer geworden, der Kalle. Wie jemand auf ihn zustürzt, da weicht er zurück ohne Rücksicht darauf, daß es einer aus der eigenen Mannschaft ist. Der Ball ist futsch, und die Zuschauer pfeifen. Macht nichts, er steht auf den Beinen.

Verstohlen sieht Kalle sich um. Er steht noch, das ist gut, denn wenn er noch einmal stürzt, dann steht er nicht wieder auf. Aber noch ein oder zwei solche Manöver, und er steht nicht mehr auf dem Rasen. Am Spielfeldrand läuft sich der Nachwuchsspieler warm. Kalle runzelt die Stirn. Er hat es sehr gut gemacht bislang, sehr klug. Aber jetzt muß er offensiv werden. Jetzt muß ich offensiv werden, denkt er und runzelt die Stirn. Er beschließt, offensiv zu werden, auch wenn das ein schwieriges Unterfangen ist, so schwierig, daß er gegen ein plötzliches Bedürfnis, aufzugeben, klein beizugeben, ankämpfen muß. Bislang hat er seine Sache doch gut gemacht. Nur, jetzt muß er offensiv werden.

Kalle ist nicht mehr sicher auf den Beinen, aber er weiß, er muß jetzt offensiv werden. Mit angestrengten, tränenden Augen sieht er dem Dribbelkünstler im orangenen Hemd entgegen, der, von drei, vier Gegnern gehetzt, mit dem Ball auf ihn zu dribbelt, um ihn wie immer erst im letzten Moment an ihn abzugeben. Schwer stampft Kalle den Rasen, um sich anspielbereit zu zeigen. Dann läuft er los. Er will Dynamik ins Spiel bringen, dem Kollegen zu Hilfe kommen, und außerdem hat sich eine Irrsinnsidee, eine Irrsinntaktik, in seinem Kopf festgesetzt. Er will den Ball im Lauf übernehmen und mit ihm den Weg zurückgehen, den der Dribbelkünstler vorgeprescht ist, und dann über den entblößten Flügel zum Tor. Schwerfällig rennt er los und wird noch einmal schnell, wenn er auch die Kontrolle über Richtung und Geschwindigkeit verloren hat. Aber er weiß, solange er rennt, fällt er nicht.

Vielleicht hat er seine Geschwindigkeit überschätzt. Vielleicht hat er sie aus der Geschwindigkeit seines Kameraden abgeleitet, der pfeilschnell auf ihn zu rast. Vielleicht taumelt er nur noch und merkt es bloß nicht. Wie er angekommen oder wie der andere angekommen ist, da wird ihm nicht der Ball, sondern ein Bein vor die Füße geschoben. Lustig fliegt er, als wäre er der Ball. Gestrecktes Bein, denkt er im Fallen. Der andere hat ihn einfach umgesäbelt. Vor Kalles blutunterlaufenen Augen leuchtet das orangene Hemd.

Wie er endgültig am Boden liegt, da verspürt er eine ungeheure Befriedigung. Er weiß jetzt, was im Mittelfeld los ist. Was ist bloß im Mittelfeld los? hatte der Trainer gesagt und etwas von Chaos und Anarchie gemurrt und daß keiner dem andern etwas gönnte. Versteh ich nicht, hatte Kalle gesagt, wollen sie denn, daß wir in der nächsten Runde nicht mitspielen? Er verstand überhaupt nichts. Im Sturm war das anders. Wenn man da nichts brachte, war man gleich weg vom Fenster. Und seine Freunde aus dem Mittelfeld waren auch anders. Aber die waren nicht mehr da.

Es ist bestimmt nicht leicht, hatte der Trainer auf Kalles Vorschlag gesagt. Er war mit seinem Latein am Ende. Andererseits war es ganz in Ordnung, wenn Kalle, dieser exzellente Läufer und schwache Torschütze, sich beizeiten umorientierte. Er war in der Mannschaft bekannt. Er war einer der Ältesten. Wer weiß, vielleicht konnte er dem Mittelfeld Stabilität geben. Und außerdem, was sollte er machen, Kalle bestand ja darauf!

Kalle liegt am Boden und hat immer noch mit diesem überwältigenden Gefühl der Befriedigung zu tun. Er sieht jetzt klar. Die Zeit des Begreifens ist gekommen. Auf dem Rasen liegt er und ist mit Begreifen beschäftigt. Den Schmerz hat er eingekapselt. Er ist da, aber er kann ihm nichts anhaben. Im weichen Gras liegt er und denkt nach.

Er wird aber doch unruhig. Woran es liegt, ob er den Schmerz nicht mehr so gut einkapseln kann oder ob er doch noch nicht alles begriffen hat, er weiß es nicht. Unruhig rückt er den Kopf hin und her und plappert sinnlos mit den aufgesprungenen Lippen. Da fällt sein Blick auf den

Nachwuchsspieler. Noch immer treibt dieser Grünschnabel sich ganz hinten, am Spielfeldrand, herum. Denkt Kalle jedenfalls, er weiß nicht, daß er den Nachwuchsspieler nur deshalb sieht, weil der sich, schon gestiefelt und gespornt, über ihn beugt und ihn bereits seit einer Weile aufmerksam, mitleidig betrachtet. Er merkt es nicht. Unruhig ruckt er mit dem Kopf. Er muß dem Grünschnabel etwas sagen. Etwas ganz Wichtiges muß er ihm sagen, diesem jungen Fant. Warum kommt er nicht her? Was er ihm zu sagen hat, ist ein Geheimnis. Das schreit man nicht heraus. Das kann man nur flüstern. Mühsam formt er die Lippen und flüstert.

Da, jetzt hat er was gesagt! sagt der Grünschnabel und tritt bedauernd einen Schritt zurück und macht den Männern mit der Trage Platz.

Die Verwandlung

Er sah das Haus schon von weitem, und sein Herz schlug schneller. Er hatte das Dach selbst gebaut. Die Konstruktion hatte in der Gegend Aufsehen erregt. Er selbst mußte die elegante Linie bewundern. Es war eine gute Arbeit. Das mußte er zugeben.

Gutgelaunt beschleunigte er seine Schritte. In der Kurve bog er von der Straße ab und ging quer über die Wiese. Jetzt, wo er das Haus sah, hatte er es auf einmal eilig. Schrecklich eilig hatte er es.

Noch im Gehen kramte er die Schlüssel heraus. Das Schloß sprang auf, als hätte es die Hand des Besitzers gespürt. Drinnen war es still. Schlendernd ging er an der Küche vorbei durch den langen Flur bis ins Schlafzimmer und stellte die große Tasche neben dem Bett ab. Mit einem kleinen Gefühl der Ratlosigkeit blieb er stehen.

Claire, rief er halblaut und, sich zusammennehmend, noch einmal, Claire, ich bin's, John!

Sie war so leise gekommen, daß er beinahe erschrak. Unwillkürlich strich er ihr über das Gesicht. Er konnte sich die Bewegung nicht abgewöhnen. Schwerfällig ließ er sich auf das Bett plumpsen und zog sich die Schuhe aus.

Weißt du, Claire, sagte er und betrachtete die braunen Flecken in seinen weißen Socken, wo das Schuhleder beim Schwitzen gefärbt hatte, weißt du, sagte er und rieb sich vorsichtig einen schmerzenden Zeh - er mußte zugeben, seine Füße waren und blieben seine schwache Stelle, da war er entschieden verwundbar -, ich gehe gar nicht mehr so gern wie früher weg. Manchmal bin ich richtig müde.

Hättest du dir das jemals vorstellen können - er zog auch noch die Socken aus und bog die geröteten Zehen vorsichtig auseinander -, hättest du dir jemals vorstellen können, sagte er, daß ich das Heimkommen eines Tages mehr schätzen würde als das Weggehen?

Er lachte leise.

Er hatte früher Rosinen im Kopf gehabt, beruflich. Aber wenn er heute wegging, dann im Grunde nur, um das glückliche Gefühl beim Nachhausekommen richtig zu spüren. Das Dach war übrigens toll. Er wünschte, ihm würde noch einmal etwas so Großartiges gelingen wie dieses Dach. Er meinte natürlich: etwas anderes. Aber es müßte genauso großartig sein. Freilich müßte man erst einmal wissen, was.

Verstohlen roch er an seinen Fingerspitzen. Er liebte den Schweißgeruch von seinen Füßen, schämte sich aber, weil er diese Vorliebe als nicht gentlemanlike empfand. Das mit dem Dach war ein heikler Punkt. Er konnte sich einfach nicht vorstellen, daß es eine andere Möglichkeit gab. Etwas, was genausogut war, aber kein Dach.

Er ließ sich rücklings aufs Bett fallen und angelte nach dem Radio. Wie auf Kommando ertönte eine vertraute, muntere Stimme:

Sie hören - Musik im Countrylook!

Er lachte befriedigt. Er hatte es wieder einmal geschafft. Er mochte Countrymusik, und am meisten mochte er diese Sendung. Den ganzen Tag richtete er danach ein, daß er pünktlich zu ihrem Beginn zu Hause war, sonst war ihm der Feierabend verdorben. Mit Gefühl drehte er am Lautsprecherknopf und rollte sich auf der Bettdecke zusammen. Er hatte es wieder einmal geschafft. Es konnte ihm gar nichts schiefgehen. Zufrieden schlief er ein.

Als er erwachte, war seine Lieblingssendung längst vorbei. Unwillkürlich drehte er den Knopf. Früher hatte Claire ihn immer geweckt, auf ihre lautlose Art, daß er nicht wußte, wovon er eigentlich wachgeworden war. Sie hatte ihn zum Essen geholt. Es hatte etwas Gutes gegeben, solange er denken konnte. Claire war die geborene Köchin. Dabei sah sie gar nicht so aus. Sie hatte nie in ihrem Leben eine Schürze getragen. Wenn sie in Jeans und T-Shirt am Herd stand, sah es so aus, als hätte sie sich des Haushalts eher zufällig und vorübergehend angenommen. In Wirklichkeit ging sie in den täglichen Verrichtungen auf. John brauchte ebensowenig eine Geschirrspülmaschine anzuschaffen wie die gedielten Fußböden zu versiegeln. Das gab dem Haushalt einen Hauch von unzeitgemäßem Luxus. Die Böden glänzten honigfarben, wenn Claire sie gewachst hatte, und was das Geschirr anging, so konnten sie sich alle möglichen kapriziösen Formen leisten. Claire gab schon acht, daß kein Henkel abbrach und die zarte Glasur keine Haarrisse bekam.

John konnte auf seine Frau stolz sein. Dabei war sie schlecht einzuordnen. Niemand wußte genau, womit er es eigentlich zu tun hatte: mit einer typischen Hausfrau oder einer exklusiven Gattin, wie sie, seitdem es wieder eine Reihe ausschließlicher Männerberufe gab, in Mode gekommen war, oder sogar mit einem ganz neuen Typ, der nur so lange beunruhigte, wie man das Schema noch nicht kannte. Es war ja auch manches unharmonisch an dieser Person. Kleidung und Haltung paßten nicht zu der untergeordneten Tätigkeit, der sie sich rastlos widmete. Der Eifer, ja man mußte schon Diensteifer sagen, paßte nicht zu ihrem saloppen, selbstbewußten Auftreten, und ebensowenig paßte die beinahe schon geheimnisvolle Energie zu der ätherischen Gestalt. John war sich freilich stets darüber im klaren gewesen, daß es mit seiner Frau nichts Besonderes auf sich hatte. Sie war eben so: zierlich und stark, eifrig und salopp, immer ausgeglichen, nie fordernd oder exzentrisch. Exzentrisch war sie kein bißchen, Gott sei Dank, nur im Aussehen vielleicht. Aber im Wesen Gott sei Dank nicht. Im Gegenteil, in ihrem Wesen war sie geradezu altmodisch. Alles, was sie wollte, war ein ordentlicher Haushalt und ein zufriedener Ehemann, und sie war bereit, etwas dafür zu tun.

Aber wenn John seine Frau auch restlos durchschaute, so posaunte er sein Wissen doch nicht hinaus. Es mußten ja nicht alle wissen, wie harmlos und gutmütig sie im Grunde war. Donnerwetter, John, deine Frau...! pflegten seine Freunde zu sagen, und dabei schnalzten sie anerkennend mit der Zunge, so als hätten sie intimere Kenntnisse, als sie zugeben konnten. Aber John machte sich keine Sorgen. Er verstand, was das Schnalzen sagen sollte. Toll, deine Frau! hieß es. Aber es hieß auch: Daß du dich nicht fürchtest bei so einer Frau! John lachte nur. Er fürchtete sich nicht. Er war da ganz souverän. Es war nur angenehm, wenn die andern sich ein bißchen fürchteten. Das hielt das Haus sauber. John mochte es nicht, wenn sie ihm die Bude einrannten. Aber es war auch wichtig, daß er sich nicht fürchtete. Er kannte da Beispiele. Er würde so gar nicht leben können, dachte er. Für ihn war das Zuhause immer das Wichtigste gewesen. Das war früher schon so, als er noch bei seiner Mutter wohnte, und mit der Ehe war es nicht anders geworden. Wo sollte er denn hin, wenn Furcht oder Mißbehagen ihn von zu Hause fernhielten? Er war nicht der Mann, sich eine Fülle außerhäuslicher Freizeitvergnügen vorzustellen. Es fehlte ihm auf diesem Sektor entschieden an Phantasie.

Verschlafen stützte er den Kopf auf. Er hatte ein merkwürdiges Gefühl im Magen, das Hunger verhieß. Er hatte aber auch ein merkwürdiges Gefühl in der Leistengegend - in den Lenden, dachte er träumerisch -, und das bedeutete, leider, leider, daß er gern mit jemandem geschlafen hätte. Mit jemandem: er hätte beinahe gelacht. Er schlief mit seiner Frau, oder er machte sich selbst das Vergnügen. Etwas anderes kam nicht in Frage. Er war nun einmal nicht so gebaut.

Eine eigentümliche Scham befiel ihn. Er hätte gern gewollt, aber er wollte nicht. Angestrengt versuchte er, an etwas anderes zu denken, wurde aber nur traurig und unruhig. Ihm war, als hätte er etwas Wichtiges zu tun, als hätte er so viel zu geben!

Claire, dachte er zärtlich, kleine, feine Claire. Und merkwürdig, der Gedanke ernüchterte ihn sofort. Das einzige, was er Claire nämlich vorzuwerfen hatte, war, daß sie im Bett nicht gut war, gar nicht gut. Dabei war das ein blödes Wort. Nicht gut im Bett: was sollte das heißen? Claire jedenfalls war gar nicht gut im Bett. In dieser Beziehung war sie überhaupt alles andere als toll. Auch jetzt bekam John wieder zu spüren, was für eine eigentümlich zerstreuende Wirkung von seiner Frau ausging. Er hatte plötzlich keine Lust mehr.

Versuchsweise, aus einer rein experimentellen Neugier heraus, dachte er noch einmal daran. Aber es rührte sich nichts. Die Anwandlung war vorüber.

Erleichtert atmete er auf. Er mochte es nicht, wenn es ihn anwandelte. Er fand das unwürdig. Er mußte dann immer an Claire denken und daran, daß sie nicht gut im Bett war. An eine andere Frau konnte er nun mal nicht denken. Er hatte da Vorstellungsschwierigkeiten. Aber der Gedanke an Claire verbitterte ihm die Lust. Auch wenn diese Lust den Sieg davontrug, wenn es ihm nicht wieder verging, so war er danach tief deprimiert. In dem Moment erschien Claire ihm besonders erwachsen, und das deprimierte ihn. Wie ein kleiner Junge kam er sich vor. Claire war immer vernünftig, sie vergaß sich nicht. Aber sie war auch nicht beteiligt. Und sie gab sich nicht auf. Sie konnte sich einfach nicht vergessen! Wenn er es recht bedachte, hätte man aus ihrem Äußeren doch einiges erschließen können. Das heißt, er hätte es erschließen können, wenn er ein bißchen helle, ein bißchen hellhörig gewesen wäre. Aber das war nun einmal nicht seine Art.

Alles kann man nicht haben, pflegte seine Mutter zu sagen, und die war eine vernünftige Frau. John zuckte mit den Schultern, was im Liegen schwierig war. Alles konnte man eben nicht haben, und er hatte schon viel. Mit stolzgeschwellter Brust hatte er die Braut zu Hause vorgestellt. Claire war tüchtig, und sie war eine nette Frau. So gar nicht tränenselig, empfindlich, sentimental. Er mochte das nicht. Er mochte auch das Weibliche nicht. Es war ihm zu warm und zu weich, er kriegte dann keine Luft. Vor allem Wärme schlug ihm auf die Brust. Wärme und das, was er selbst nicht gut beschreiben konnte, wofür ihm die Worte fehlten, dieser Kopfkisseneffekt: wenn man am Busen einer Frau liegt und kommt da nicht mehr raus! Nein, er mochte das nicht, er liebte die schmale, harte, festumrissene Figur. Es konnte ruhig ein bißchen ins Knabenhafte gehen, das störte ihn nicht. Er mochte das. Er mochte es, und bei Claire hatte er es gefunden. Dabei war sie keineswegs jung gewesen, als er sie kennengelernt hatte, eher alterslos. Sogar einen Anflug von grauen Haaren hatte sie schon gehabt, etwas unbestimmt Meliertes. John hatte das interessant gefunden und irgendwie rührend. Er hatte es als Ausdruck von Hilflosigkeit aufgefaßt, aber auch als eine Verheißung von Solidarität. Da war jemand, der mit ihm alt werden würde. Weiß der Himmel, was ihn auf diese sentimentale Idee gebracht hatte! Er war wohl einfach in einer Situation gewesen, die dem, was man gemeinhin als Torschlußpanik bezeichnete, verdammt nahekam. Jedenfalls hatte er Claire gesehen und gewußt, die war die Richtige für ihn. Er hätte sogar die eine oder andere Mißhelligkeit in Kauf genommen. Zum Beispiel, daß sie seiner Mutter nicht gefiel, was bei ihrem Aussehen, dem eher knabenhaft-männlichen Gehabe, das sie an den Tag legte, durchaus zu erwarten gewesen wäre. Aber der gefiel sie. Oder daß sie nicht gern kochte. Er hätte das in Kauf genommen und notfalls selber den Kochlöffel geschwungen. Er hätte sich schon zurechtgefunden. Alles kann man nicht haben, hätte er gedacht und gutmütig selbst das Nötigste besorgt. Schließlich konnte man nicht einen «Jüngling» heiraten und dann auch noch verlangen, daß man ein hausfrauliches As bekam. Daß man auch noch ein hausfrauliches As bekam, war mehr, als man erwarten konnte. Das war eigentlich fast schon zuviel.

Es war mehr als zuviel.

John versuchte die Beklemmung abzuschütteln, die ihn ans Bett fesselte. Er war kein Psychologe, aber ihm schwante, daß Claires hausfrauliche Fähigkeiten etwas mit seiner Mutter zu tun hatten, die eine hervorragende Hausfrau gewesen war. Gewiß, er hatte nicht darauf bestanden, eine Hausfrau zu bekommen. Aber er hatte sie trotzdem bekommen. Er hatte die Frau bekommen, die er verdient hatte. Es war die Rache seiner Mutter, daß Claire so eine tüchtige Hausfrau war.

John war wie gesagt kein Psychologe, und von der «unbewußten Objektwahl», mit der die Psychologen hantieren, hatte er keinen blassen Dunst. Aber er hatte das Gefühl, daß er an seinem Dilemma nicht unschuldig war. Schließlich, wenn man sich von seiner Mutter mehr als vierzig Jahre umsorgen ließ, dann durfte man sich nicht wundern, wenn sich das herumsprach.

Warum hatte es sich nicht herumgesprochen, daß er vor allem etwas fürs Bett brauchte, fürs Herz! Wenn er so leicht zu durchschauen war, warum hatte man das nicht berücksichtigt?

Ermanne dich, dachte John. Es hatte sich eingebürgert, daß er mit sich selbst redete. Aber kein Laut kam ihm dabei über die Lippen. Ermanne dich, dachte er - er bediente sich einer Art Romansprache im Umgang mit sich selbst, weiß der Himmel, warum -, ermanne dich und laß die alten Geschichten ruhen.

Er setzte sich auf und hielt sich den dröhnenden Schädel. Ermanne dich, sagte er zu sich, du bist wahrhaftig kein Jüngling mehr, sondern ein gestandener Mann. Laß dich nicht ins Bockshorn jagen.

Ich habe den ganzen Tag gearbeitet, dachte er weinerlich, und das stimmte. Schließlich arbeitete er täglich, und er hatte einen interessanten Beruf. Wenn er an seinen Vater dachte, der sein Leben mit der Bedienung von immer denselben drei Knöpfen zugebracht hatte, der über diesen drei Knöpfen eingeschlafen war, aber für immer, dann mußte er zugeben, daß sich gerade auf dem beruflichen Sektor viel verändert hatte. Die Arbeit war wieder abwechslungsreicher geworden. Mit der Revolutionierung der Wissenschaften war etwas von dem Pioniergeist weit zurückliegender Jahrzehnte wiedergekehrt, etwas von dem Geist der Kolonialeroberungen. Es war ein frischer Geist, nichts, was einen schaudern machte, nur wie eine Prise Salz, die die Lebensgeister belebte. John war die perfekte Verkörperung dieses neuen Geistes. Seinem Vater geradezu lachhaft ähnlich, genauso ruhig, so häuslich, verläßlich und korrekt, hatte er doch eine Aufgabe, die ihn ausfüllte. Er hatte es jedenfalls nicht nötig, sich aus dem Leben zu schleichen. Wenn nur die maßlose Enttäuschung über Claire nicht gewesen wäre! Warum war es ihm nicht gelungen, diese Enttäuschung in Grenzen zu halten? Er hatte immer wieder versucht, sich die Geringfügigkeit, die Begrenztheit seines Pechs vor Augen zu führen.

Warum hatte es nichts genutzt? In seinem Beruf war er gerade wegen seines Augenmaßes, seiner Fähigkeit abzuwägen, geschätzt. Nicht daß er nicht waghalsig sein konnte, wenn es nötig war. Aber er konnte auch nicht waghalsig sein, wenn es nötig war. Warum gelang es ihm zu Hause nicht, sich zu mäßigen? Warum konnte er die zahlreichen guten Eigenschaften seiner Frau nicht gegen die eine schlechte abwägen? Warum konnte er nicht fair sein?

Das waren harte Vorwürfe. Aber er war sich keiner Schuld bewußt. Er wußte nicht einmal, hatte es damit angefangen, daß er genauer hinzusehen begann, oder hatte sich seine Frau von selbst verändert? Er zermarterte sich den Kopf, aber er fand keinen Anhaltspunkt. Weder verfügte er über verläßliche Erinnerungen, noch gab es überhaupt den geringsten Beweis. Oft beobachtete er Claire verstohlen, wenn sie mit stets gleichbleibendem Schwung und gleichbleibender Freundlichkeit im Haushalt hantierte, immer dieselbe energische, schmale, biegsame Gestalt. Das ist doch nicht möglich! dachte er und musterte das zarte Gesicht, die erstaunlich jungen, ja beinahe mädchenhaft rosigen Wangen unter den kurzen graumelierten Haaren. Das ist doch nicht möglich! dachte er - er hatte so eine Art, in Worten, sozusagen wortwörtlich, zu denken -, und meistens wußte er nicht einmal, was er eigentlich für unmöglich hielt: daß sich etwas zum Schlimmen hin verändert hatte oder daß er auf diese «Maske», diese «Larve» jemals hereingefallen war. Er machte dann wohl ein paar Schritte auf sie zu und berührte mit den Fingerspitzen ihr Gesicht, so als könnte ihm von dieser Berührung Gewißheit kommen. Diese Geste hatte er beibehalten. Sie war ihm zur Gewohnheit geworden, zum Zwang. Später hatte er sie «uminterpretiert» und hielt sie jetzt für ein Überbleibsel ihrer einstigen herzlichen Beziehung, für die geronnene Form seiner ursprünglichen Zärtlichkeit, die er immer noch wie in einem großen, schlecht verschlossenen Behälter mit sich herumtrug. Ja in besonders schwachen Augenblicken hielt er diese ursprünglich aus Mißtrauen und mißtrauischer Angst hervorgegangene Bewegung sogar für den tiefen Ausdruck des Vertrauens und der

Treue. Nur manchmal blieb sein Arm sozusagen auf halbem Wege stecken, er musterte ihn dann, als wäre er aus Holz, und ließ ihn langsam fallen. Das waren aber seltene, böse Augenblicke; denn er kam nach wie vor gern nach Hause, er liebte die Heimkehrfreude, und er war gern ein verheirateter Mann. In ihm sträubte sich alles dagegen, daß das nicht gelten sollte, was er sich aufgebaut oder ausgedacht hatte, daß ihm alles verdorben war.

John war kein nachdenklicher Mann. Er war ruhig, aber nicht nachdenklich. Die Komplikationen seiner Ehe zwangen ihm eine Gedankenarbeit auf, der er sich freiwillig nie unterzogen hätte. Er fing an, sich zu erinnern, zu vergleichen, er bildete bestimmte Hypothesen und verwarf sie wieder, und das alles ohne die geringste Neigung zu diesem Geschäft, ja auch ohne das geringste Talent. Beständig kamen ihm Träumereien dazwischen, auch Phasen einer nutzlosen, tränenseligen Auflehnung, in denen er sich am liebsten an seine verstorbene Mutter wandte, so als sei sie der Drahtzieher, der Racheengel, der darüber wachte, daß seine Ehe auf keinen grünen Zweig kam. Aber immerhin, er dachte nach. Als eine Folge dieses Nachdenkens wurde das Verhältnis zwischen den Eheleuten immer frostiger. Nicht gerade feindselig, eher winterlich. Sie sagten sich keine bösen Worte. Es lag überhaupt nicht in Claires Charakter - in ihren Möglichkeiten, dachte John -, sich mit irgend jemandem auseinanderzusetzen. Sie traten bloß meilenweit auseinander. Wie durch das andere Ende des Feldstechers sah John seine Frau, in traumhafter Ferne, klein, zierlich, wohlproportioniert. Sie war im Laufe der Jahre nicht im geringsten «auseinandergegangen», und unter dem neuen Blick war sie noch kleiner, noch zierlicher, wie der «kleine Prinz» aus einem von Johns wenigen Kinderbüchern sah sie aus, wie ein leibhaftiger Besuch von einem andern Stern, autonom und souverän, in sich ruhend und unansprechbar.

Unansprechbar, dachte John und unterdrückte ein Gefühl des Hasses, erschrocken, daß es nicht das wohlbekannte Gefühl der Enttäuschung, sondern Haß war. Unansprechbar, dachte er noch einmal, beinahe beschwörend, so als wollte er nachprüfen, ob der Haß denn wirklich aus dem einfachen Wort kam, so als könnte er das Wort zwingen, den Haß zurückzunehmen; unansprechbar, dachte er und spürte statt des Wortkörpers sogleich wieder einen geradezu körperlichen Haß. Erschreckt hielt er inne und hütete sich, das gefährliche Wort noch einmal zu denken. Es hatte in der Tat eine fatale Wirkung. Am liebsten hätte er seine Frau umgebracht; aber nicht aus Haß, sagte er sich, innerlich noch ganz zittrig vor Erregung - er war ja doch gutmütig von Natur -, eher aus einer Art wissenschaftlicher Neugier. Wie ein Ding kam sie ihm vor, und unbezwingbar instrumentell wurde der Blick, mit dem er sie musterte. Sie war so «gemacht», von dieser fixen Idee kam er nicht mehr los. Und da wollte er eben wissen, wie sie «gemacht» war. War das so unzulässig, so böse?

Das war vor ein paar Wochen gewesen. John hatte den Gedanken beiseite geschoben. Er hatte ihn nicht groß werden lassen. Wissen wollen hieß hier kaputtmachen müssen, darüber war er sich im klaren. Es war zwar manchmal unvermeidlich, daß das eine um des andern willen in Kauf genommen wurde, aber in der Ehe war das etwas anderes. Da machte man nicht einfach kaputt, nur weil man unbedingt wissen wollte. Mit Johns moralischen Grundsätzen vertrug sich das jedenfalls nicht. Seine Mutter hätte ihm etwas erzählt! Er schüttelte den Gedanken ab und tat, was alle Eheleute tun, wenn sie nicht nach Belieben hassen und ihrem Haß nicht nach Belieben Ausdruck geben dürfen: er verlegte sich aufs Beobachten.

Was er sah, befriedigte seinen Wissensdrang mehr als genug. Ungefähr von dem Zeitpunkt an, wo John im Umgang mit seiner Frau zum ersten Mal Haß empfunden bzw. wo er bei ihrem Anblick zum ersten Mal dieses extreme «Dinggefühl» gehabt hatte, ging es mit Claire bergab. Sie zog sich zurück. Sie unterließ nahezu vollständig, womit sie sich früher beschäftigt hatte, und sie wählte keine Alternative, keinen Ersatz. Nach wie vor hielt sie sich an den Stätten ihrer früheren Tätigkeit, vorzugsweise in der Küche, auf. Selten war sie woanders, weshalb John auch immer gleich erschrak, wenn er sie dort nicht antraf. Er konnte freilich auch erschrecken, weil er sie dort antraf. So leise, so unscheinbar und ungeheuer unauffällig war sie geworden, daß ihre unvermutete Anwesenheit in irgendeinem Winkel der geräumigen Küche einem schon einen Schauder über den Rücken jagen konnte. Insgeheim war John überzeugt, daß sie ihre Zeit in der Besenkammer verbrachte. Da lehnte sie zwischen Schrubber, Besen und Mob an der Wand und wartete, bis er sie rief. Aber das war natürlich Unsinn. Allerdings hatte er keine Ahnung, womit sie sich in seiner Abwesenheit beschäftigte. Früher hatte er das immer gewußt. Jetzt machte sie nachgerade den Eindruck einer Schattenexistenz. Ob sie permanent schlief, wenn er nicht da war? Das wäre noch die einfachste Möglichkeit gewesen, die harmloseste. Aber John glaubte nicht daran. Er hatte sie noch nie schlafend angetroffen. Das war zwar kein Beweis; denn bei seiner Pünktlichkeit konnte er sie nicht überraschen. Trotzdem glaubte er fest daran, daß sie die Zeit in der Besenkammer vertändelte in jenem Zustand einer vollkommenen Entspannung, der auch Schrubber, Mob und Besen dazu befähigte, jederzeit, wenn es darauf ankam, verfügbar und tüchtig zu sein. Nur, Claire war zwar noch jederzeit präsent, aber tüchtig war sie schon lange nicht mehr.

Seufzend stand er auf und trollte sich in die Küche. Er hatte sich für alle Fälle Ravioli mitgebracht. Claire hatte sich diskret zurückgezogen. John widerstand der Versuchung, in der Besenkammer nachzusehen. Er öffnete die Dose und fluchte leise, als ihm Tomatensauce auf die Hose spritzte. Vorsichtig kippte er den Doseninhalt in einen Topf. Ravioli brannten leicht an, das wußte er, und so blieb er am Herd stehen und rührte.

Die Ravioli brannten nicht an. Dafür hatte er sie in kürzester Zeit zu Brei gerührt. Alles ging ihm schief. Wenn er sich erinnerte, daß er das Dach gebaut hatte, mochte er es beinahe nicht glauben. Er hatte es damals in der ersten Zeit ihrer Krise gebaut. Seine ganze Enttäuschung hatte er hineingebaut. Zugleich war es eine höchst solidarische, eine eheliche Arbeit gewesen. Seine gesamte Phantasie und Kraft hatte er aufgeboten, um das seltsame Versagen von Claire vergessen zu machen. Er hatte es gewissermaßen überbaut. Wenn er heute daran dachte, wie er das Dach fertiggebracht hatte, kam er aus dem Staunen nicht heraus. Es war ihm, als sähe er auf die Arbeit eines andern.

Er rührte heftiger. Schon konnte man die Ravioli in der Sauce nicht mehr unterscheiden. Aber das macht nichts, dachte John in einer boshaften Aufwallung, ich weiß ja, daß es Ravioli sind, und das war mehr, als er von seiner Frau aussagen konnte.

Er wußte, daß es Ravioli waren, aber er mochte sie nicht mehr essen. Bei dem bloßen Anblick schnürte sich ihm die Kehle zu. Dafür spürte er, wie sich etwas anderes zusammenbraute, und sein Herz schlug schneller. Gedankenlos starrte er in den Topf, wo die Tomatensauce giftige Blasen schlug. Es war ja so, daß er bis weit über das erträgliche Maß hinaus stillgehalten hatte. Überfällig war es, daß etwas geschah. Zwar konnte er nicht ausschließen, daß er sich unglücklich machte. Aber die Aussicht erschreckte ihn nicht. Es gab so viele Männer, die sich ihrer Frauen wegen unglücklich machten, und das wollte er jetzt auch. Er war scharf darauf, sich zu ruinieren.

Er rückte den Topf vom Feuer und wischte die Saucenspritzer weg. Mit einem kleinen Gefühl der Ratlosigkeit blieb er stehen. Es war still in der Küche, über alle Maßen still schon seit Jahren. Es würde nicht einfach sein, plötzlich laut zu werden, und es würde auch nicht die rechte Freude bringen. Er war ein friedlicher Mann, und es würde ihm nicht die rechte Freude bringen. Aber es half nichts.

Energisch ging er zur Tür.

Claire! rief er halblaut und, sich zusammennehmend, mit festerer Stimme:

Wo bist du, Claire?

Smogalarm

Das Nordhoch strahlte über der Stadt. Die Schatten waren kurz und kräftig, und es stank kaum noch.

Die Saubermänner trugen leuchtendgelbe Anzüge. Sie kehrten die Abfälle zu großen Haufen zusammen. Aber sie verbrannten sie nicht. Stattdessen legten sie Plastikbahnen darüber. Sie wollten mit dem Gestank nicht schon wieder anfangen.

Jean Arlès schlenderte über die Kreuzung. Er hatte erst gestern seine Frau umgebracht und bastelte an seiner Verteidigung.

Er hatte die Qual der Wahl.

Im Grunde war es ganz einfach. Er brauchte nur zu beteuern, daß er es nicht mehr ausgehalten hatte.

Wissen Sie, ich hielt es einfach nicht mehr aus. Sie hat ununterbrochen geredet. Gejammert und genörgelt in einem fort. Raus konnte ich nicht. Da hieß es: entweder sie oder ich. Im Grunde war es mir egal, ob ich oder sie. Ich wollte nur meine Ruhe, und da habe ich den einfachsten Weg gewählt. Ich habe zugeschlagen oder vielmehr zugedrückt, und dann war Ruhe.

Ungeduldig verdoppelte Jean Arlès seinen Schritt. Er redete schon wie seine Frau: ununterbrochen. Konnte er nicht einen Moment still sein? Mußte er immer bessere Erklärungen erfinden? Mußte er vom Erklären ins Erzählen kommen? Folgte immer notwendig eins aus dem andern? Und hatte er sie nun erschlagen oder erwürgt?

Er schüttelte sich und rannte über die Straße. Die Leute sahen ihm nach. Er wußte, was sie dachten, und ärgerte sich.

Sie denken, nach diesem Winter spielt jeder verrückt, dachte er. Ich bin aber nicht wie alle.

Er konnte seine Verteidigung auch ganz anders aufbauen. Er konnte sagen - und das entsprach entschieden mehr seinen Bedürfnissen:

Ich wollte etwas Besonderes tun, eine Tat, nicht bloß eine Ausführung.

Mein Gott, unterbrach ihn der Untersuchungsrichter, als er ihm seinen Gedanken auseinandersetzte, haben Sie eine Ahnung, wieviele Leute in diesem Winter ihre Frau umgebracht haben? Du meine Güte, wo leben Sie bloß? Haben Sie denn keine Zeitung gelesen?

Jean Arlès schüttelte verlegen den Kopf. Er hatte keine Zeitungen gelesen.

Sehen Sie, sagte der Richter, früher war ich für Verkehrsdelikte zuständig. Erst Mitte des letzten Winters bin ich in den Zivilbereich versetzt worden. Seitdem habe ich ausschließlich mit einer Sache zu tun gehabt: Unfälle in der Familie.

Denken Sie nicht, daß Sie mit Ihrem Mord Furore machen können, sagte er und musterte seinen Kandidaten verächtlich. Es ist nämlich gar kein Mord. Die ersten Fälle wurden bereits vor meiner Zeit entschieden. Höchstrichterlich wurde entschieden, daß unnatürliche Todesfälle, sofern sie sich während des Ausnahmezustands ereigneten, als natürliche Unfälle zu behandeln wären. Ich bin das Zivile aber gar nicht gewohnt: Regelung der Hinterlassenschaft und so weiter. Als Verkehrsrichter habe ich mit Strafsachen zu tun. Ich muß die Wahrheit herausfinden. Die Sachlage ist an sich schon kompliziert genug. Jeder lügt. Dazu kommt, daß hinter jedem eine Versicherung steht, und manche Lüge gibt erst einen Sinn, wenn man sie auf die Versicherung bezieht.

Wissen Sie, sagte er vertraulich, bei Verkehrsdelikten kann man die Wahrheit häufig gar nicht herausfinden. Man muß sich einfach entscheiden.

Mein Fall ist ganz einfach, sagte Jean Arlès hochmütig.

Das sagte ich bereits, sagte der Richter und schloß die Akte.

Schneller, als er es erwartet hätte, fand Jean Arlès sich auf der Straße wieder.

Er stellte fest, daß er die letzten Monate verschlafen hatte, und beschloß, sich umzusehen.

Der Himmel war dunkelblau, und ein paar tollkühne Cafetiers schoben ihre Tische auf den Bürgersteig. Jean setzte sich in die vorderste Reihe, streckte behaglich die Beine aus und sah den Vorübergehenden ins Gesicht. Er hätte gern gewußt, ob man erkennen konnte, wer von ihnen gewalttätig war. Bei ihm selbst - davon war er überzeugt - sah man es nicht.

Ein Bekannter kam vorbei und hielt sich eine Minute bei ihm auf.

Na, sagte er freundlich, haben Sie auch Ihre Frau umgebracht?

Und Sie? fragte Jean verwirrt.

Ich? sagte er fröhlich. Ich habe doch gar keine Frau.

Er lachte und verabschiedete sich.

Erst später, als er schon einen gewissen Überblick hatte, begriff Jean, daß er hereingelegt worden war. Natürlich sah man ihm seine Untat nicht an. Aber die statistische Mordrate war in diesem Winter so in die Höhe geschnellt, daß man sich den Scherz erlauben und noch dazu hoffen durfte, in etlichen Fällen ins Schwarze zu treffen.

Noch hatte er keine Ahnung, wie es stand. Dabei hatte er ebenfalls seine Frau umgebracht und glaubte sich im übrigen weiter als jeder andere. Unruhig sprang er auf und setzte seinen Spaziergang fort.

Vor den Schaufenstern einer Zeitungsfiliale machte er halt und überflog das Gedruckte. In großer Aufmachung war die Rede des Senatspräsidenten wiedergegeben. Jean hatte so lange keine Zeitung gelesen, daß ihm der Name nichts sagte. Von mutigem Neubeginn war die Rede, vom Zusammenfassen aller bürgerlichen Kräfte.

Weiter unten kam ein Absatz, der ihn stutzig machte.

Wir haben in den letzten Monaten die Erfahrung gemacht, hieß es da, daß der Wert des Menschen auf Vereinbarung beruht. Er ist keine feste Größe, nichts, worauf wir uns verlassen können. Kommen wir etwa stillschweigend darin überein, daß der Mensch nichts wert ist, dann ist er nichts wert.

Wer hätte denken können, hieß es weiter, daß eine friedliche Gemeinschaft sich so vergißt? Wer konnte ahnen, daß ruhige Bürger in kürzester Zeit und in einem Ausmaß gewalttätig werden würden, das selbst uns, die letzte Frontkämpfergeneration, erschreckt? Wir, liebe Mitbürger, die wir Sie in Notzeiten leiten sollten, haben selbst einen schwerwiegenden Fehler begangen. Wir haben gedacht, wir müßten vor allem für Ruhe sorgen. Wir haben Demonstrationen verboten, und wo es zu spontanen Versammlungen kam, haben wir sie aufgelöst. Wir haben Sie, liebe Mitbürger, in Ihre Häuser verbannt. Konnten wir ahnen, daß es unter dem Deckmantel der äußersten Ruhe zu den entsetzlichsten Gewalttaten kommen würde?

Jean fühlte sich von einer unbeschreiblichen Müdigkeit befallen. Seine Augen irrten auf der spiegelnden Schaufensterscheibe ab. Sie konnten die Zeilen nicht mehr festhalten.

Den allerletzten Absatz las er wieder.

Hoffen wir, liebe Mitbürger, daß wir nicht noch einmal vergessen, daß der Mensch das Maß alles Menschlichen ist. Das nächste Mal könnte das letzte sein.

Er soll sich nur nicht so haben! ereiferte sich jemand, der die Rede ebenfalls gelesen hatte, und tippte mit dem Finger empört gegen die Scheibe.

Früher, sagte er, sind die Leute an Pest und Cholera gestorben wie die Fliegen, und man hat trotzdem nicht vergessen, wozu der Mensch fähig ist. Und wissen Sie auch, warum? Weil die Richtigen übriggeblieben sind. Die mit der Kanalisation. Die mit den gutgewaschenen Früchten.

Das stimmte. Jean vergaß, was er sagen wollte.

Ich, sagte er schließlich hochmütig und trommelte gegen die Scheibe, ich habe meine Frau umgebracht, weil sie meiner Selbstverwirklichung im Wege stand.

Ach, tatsächlich? Der andere musterte ihn mit scheinheiliger Neugier. Und was glauben Sie, warum die andern ihre Frau umgebracht haben?

Jean zuckte mit den Achseln.

Wie soll ich das wissen, sagte er.

Nun, es könnte ja sein, daß Ihnen die Gleichheit der Mittel bei zugegebenermaßen höchst verschiedenen Zwecken aufgefallen wäre. Es könnte ja sein, daß Sie das ärgert.

Jean trommelte heftiger gegen die Scheibe.

Ja, sagte er, es ärgert mich auch.

Wissen Sie eigentlich, warum vor allem Frauen umgebracht worden sind?

Jean sah ihn verblüfft an.

Nein. Wieso? Ist das denn wichtig?

Da haben Sie Ihre Frau sozusagen aus Gedankengründen umgebracht, aber aufs Denken sind Sie nicht besonders erpicht! Sie müssen sich doch wundern, daß es vor allem Frauen getroffen hat. Bedenken Sie, so etwas hat es noch nie gegeben!

Jean hörte urplötzlich zu trommeln auf.

Man kann eben nur Frauen umbringen, sagte er naiv.

Der andere lachte.

Nein, nein, rief Jean eifrig, so meine ich das nicht! Aber bedenken Sie, es gibt keine vernünftigere Relation als die zwischen Mord und Frau! Wie soll ich Ihnen das klarmachen? Sie müßten das selbst probieren. Mir ist der Zusammenhang so selbstverständlich, daß ich Mühe habe, ihn in Worte zu fassen. Außerdem habe ich noch nie darüber nachgedacht.

Es ist doch so, fuhr er fort, wenn Sie eine Frau ermorden, dann tun Sie das mit einem ungeheuren Willen zur Veränderung. Es ist, als schnitten Sie sich ins eigene Fleisch. Es hat Sinn, und es tut Ihnen weh. Ich kenne zur Zeit nichts, was dergleichen aufzuweisen hätte, ausgenommen der Mord an einer Frau. Schlagen Sie einen x-beliebigen tot, einen Passanten, einen Kollegen, Ihren besten Freund! Die Sinnlosigkeit der Tat fällt auf Sie selbst zurück. Indem Sie einem andern das Recht zu leben bestreiten, bestreiten Sie es sich selbst. Indem Sie einen andern erschlagen, erschlagen Sie sich selbst. Aber, merkwürdig, wenn Sie eine Frau umbringen, dann wollen Sie leben!

Er schwieg, selbst verblüfft über seinen Redestrom. Er hatte sich noch nie zusammenhängende Gedanken über das Problem gemacht. Er hatte sich noch nie dazu geäußert. Er hätte nie geglaubt, daß man es überhaupt in Worte fassen, daß man es einem anderen mitteilen konnte. Daß es ein anderer verstehen konnte. Aber so war es.

Abrupt wandte er sich ab. Er hatte so viel geredet. Jetzt wollte er sich umsehen.

Auf der Straße herrschte Betrieb. Jean sah sich nach hübschen Frauen um. Sie hatten etwas Flatteriges in den kurzen Kleidern. Und sie waren alle jung.

An der Fußgängerampel warteten neben ihm zwei junge Mädchen, die sich untergehakt hatten. Sie lachten bei seinem Anblick, flüsterten sich gegenseitig etwas ins Ohr und kicherten. Eine stieß die andere näher zu ihm heran.

Entschuldigen Sie, meine Damen, sagte er höflich, kann ich etwas für Sie tun?

Sie wurden rot, und als die Ampel auf Grün umsprang, rannten sie über die Straße. Drüben warteten sie aber auf ihn und zogen ihn ungeduldig beiseite. Zu dritt steckten sie die Köpfe zusammen.

Entschuldigen Sie, wisperte die Neugierigere von beiden, haben Sie vielleicht Ihre Frau umgebracht?

Ja, sagte Jean verwundert, aber woher wissen Sie das?

Sie wurden feuerrot.

Ist in Ihrer Familie vielleicht auch so etwas vorgekommen? fragte er interessiert.

Sie schüttelten erschrocken die Köpfe.

Das ist es ja, wisperten sie, eigentlich wissen wir gar nichts davon.

Sagen Sie, sie rückten noch ein bißchen näher, warum haben Sie Ihre Frau umgebracht?

Er lächelte.

Damit ich mich in Ruhe mit so netten Damen wie Ihnen unterhalten kann.

Entsetzt fuhren sie zurück, faßten sich instinktiv bei den Händen und rannten davon.

Jean strahlte. Denen hatte er die Heiratslust ausgetrieben. Pfeifend schlenderte er weiter.

Auf der Straße wimmelte es von jungen Mädchen. In ihren bunten Kleidern beherrschten sie das Bild. Ihre männlichen Altersgenossen wirkten kindlicher denn je. Sie spielten mit den Straßenjungen Fußball, tobten auf den breiten Bürgersteigen herum und gönnten den Mädchen kaum einen Blick. Zwanzigjährige hatten ihre Rollschuhe ausgekramt und fuhren den Leuten zwischen die Beine. Offenbar waren sie während des Ausnahmezustands jünger oder kindischer geworden. Jedenfalls dachten sie nicht an Liebe.

Jean mochte seine Altersgenossen nicht. Er war böse auf die, die sich etabliert hatten, die Spießer, und er war böse auf die, die sich nicht etabliert hatten und deren ungewöhnliche Lebensweise ihn unter Druck setzte. Er hatte sich stets jeder Konkurrenz entzogen, indem er noch einsamer, noch ungeregelter lebte als die andern. Zuletzt hatte er seine Frau umgebracht und mußte zu seinem Schrecken feststellen, daß ihn ausgerechnet diese Tat in den Kreis seiner Altersgenossen zurückführte. Sie beherrschten das Feld. Es war das Feld, auf dem er sich hatte auszeichnen wollen.

Finster sah er den Jugendlichen auf ihren Rollschuhen nach. Sie kümmerten sich nicht darum, daß die jungen Mädchen von einem Schwarm gesetzter Herren in seinem Alter verfolgt wurden. Man schnappte ihnen mit den schmutzigsten Mitteln die Freundinnen weg, mit Geld, Anzug und Krawatte, Eheangebot, und sie waren noch nicht einmal eifersüchtig. Schnell, mit hastigen Schritten ging er nach Hause, überquerte den engen Hof und stieg die vier Treppen bis zu seiner Wohnung hinauf.

Ein muffiger Geruch hing in den Räumen. Beim Weggehen hatte er die Fenster zu öffnen vergessen. Seit Stunden lag die Sonne an und verwandelte den kalten Dunst des Winters in einen warmen Gestank.

Sie hatten wochenlang nicht gelüftet und so wenig wie möglich geheizt. Nur alle paar Tage waren sie für höchstens eine Stunde ausgegangen und hatten Kohlen und Lebensmittel besorgt. Es gab Leute, die fingen schon beim

Anblick der Stapel glänzender schwarzer Briketts in den eiskalten Kohlenhandlungen an zu weinen. Andere bekamen Asthmaanfälle, wenn der Händler den Kohlenstaub zusammenfegte. Zum Schluß hatten sie fast gar nicht mehr geheizt, und der Gestank war unerträglich geworden. Es war ein kalter Geruch, nach abgesunkener Temperatur und dicken Partikeln. Morgens, wenn Jean in den ausgegangenen Öfen herumstocherte, nahm er unerträgliche Ausmaße an. Auch wenn er stets sehr vorsichtig hantierte, kam es vor, daß eine Dreckwolke ins Zimmer quoll. Bei einer dieser Gelegenheiten hatte seine Frau das Fenster aufgerissen. Sie wollte lieber durch den allgemeinen Dreck umkommen, hatte sie erklärt, als sich mit den eigenen Öfen vergiften. Er hatte nur gelacht. Er wußte, was kam. Zwar geriet seine Frau leicht in Aufregung, aber sie konnte öffentliche Kritik nicht vertragen. Und wie die Nachbarn aus dem Vorderhaus hinter ihren Gardinen drohten, schlug sie das Fenster wieder zu und weinte dann den ganzen Tag, weil keiner sie verstand. Inzwischen ging Jean in seinem Arbeitszimmer auf und ab und hatte Großes im Sinn.

Es war ihm zur fixen Idee geworden, diese unerhörte Einsamkeit, diese Isolation, diese extremen Lebensbedingungen müßten der Humus für etwas Außerordentliches sein. Endlich hatte er Zeit, sich zu sammeln. Stundenlang stand er am Fenster, und sein Blick strich über die Fensterreihen von gegenüber, wo sich manchmal ein undeutliches Gesicht hinter der Gardine zeigte. Wenn er genau hinsah, sah er in der Scheibe sein eigenes Gesicht flüchtig gespiegelt, die Augen unerträglich groß, die Umrisse von bedeutender Verschwommenheit. Er hatte es im Herumwandern, Stehenbleiben und Hinaussehen zur Meisterschaft gebracht. Nie ließ er sich ablenken oder zu der kleinsten Handlung hinreißen. Da saß seine Frau hundertmal am Küchentisch und heulte, weil dies oder das nicht funktionierte. Er wanderte auf und ab und ließ sie heulen. Oder er stand am Fenster und sah hinaus. Nie hätte er etwas repariert oder in Ordnung gebracht. Er fand keine Patentlösungen, und er dachte nicht daran, aus allem das Beste zu machen. Er verschmähte jeden Trost und jede Befriedigung. Wenn seine Augen tränten, wenn seine Nase lief, daß er den Rotz hochziehen mußte, und der trockene Husten ihn schüttelte, dann spürte er nur um so deutlicher die kristallklare Stille in seinem Innern, und er sagte sich: Das ist meine Chance. Und er gab ungeheuer gut acht.

Seine Frau jammerte viel, aber sie beklagte sich nicht. Abgesehen davon, daß sie mit ihrem Mann nicht mithalten konnte, war sie glücklich wie nie. Zwar gab es alle Augenblicke etwas zu heulen, und nichts lag ihm ferner, als sie etwa zu trösten. Außerdem dachte er gar nicht daran, sich dem fortschreitenden Verfall ihres Haushalts entgegenzustemmen, ganz im Gegensatz zu den Mitbewohnern, deren Klopfen und verzweifeltes Hämmern durch alle Wände drang. Aber er war da. Er hatte seine schweifenden Spaziergänge natürlich eingestellt, die er seiner Frau nicht anzusagen und über die er ihr keine Rechenschaft abzulegen pflegte, so daß sie nie wußte, warum er nicht nach Hause kam: ob er zusammengeschlagen worden war oder sich etwas angetan hatte, nichts schien ihr unmöglich. Und so sehr er im Kleinen versagte, so sehr bewährte er sich im Großen. Daß ihm die Krise nichts anhaben konnte, machte sie froh. Wenn es ihn nicht kümmert, dachte sie, kann es auch nicht so tragisch sein. Es kam ihr vor, als könnte ihr nichts passieren. Manchmal, jeweils so gegen Ende der nervösen Krisen, legte sie Jean die Hand auf den Arm und erklärte, noch immer von krampfigen Schluchzern unterbrochen, wie leid es ihr täte und daß sie seinen Mut nicht hätte und er müsse ihr noch einmal verzeihen. Dann sah er sie mit einem Blick an, aus dem sie ihr künftiges Schicksal hätte lesen können, wäre sie nicht so vernagelt gewesen und hätte nicht so kindisch an seine Größe geglaubt.

Es ging nicht gut aus. Jean haßte die eheliche Vertrautheit. Mit einer nervösen, rotnasigen, verheulten Frau hätte er leben können. Mit seinem Trieb konnte er es nicht. Dabei gab es nichts Unpersönlicheres als den Akt. Aber die Zuwendung davor und danach, die Anlehnung und Ansprache, dieses «Allein bin ich nichts, zu zweit sind wir alles», war ihm zuwider. Er hätte schreien mögen vor lauter Empörung, er, der nur allein alles war! Freilich, gegenüber seinem Trieb war er nichts. Die Phase der Selbstbefriedigung lag, unzugänglich geworden, hinter ihm. Er brauchte eine Frau, und er hätte nie geglaubt, daß dieses «Brauchen» so an der Substanz zehrte, daß es so viel Selbstverleugnung verlangte. Aus jeder Umarmung ging Jean tiefer gedemütigt, haßerfüllter hervor. Er zog die Konsequenz und enthielt sich. Das klappte schlecht, komplizierte das Verhältnis zu seiner Frau, die er sonst in den Zwischenzeiten einfach vergaß, und außerdem dachte er an nichts anderes mehr. Da war es das erste Mal soweit, daß er sie hätte umbringen mögen. Aber auch hier enthielt er sich. Lieber kehrte er zu den ehelichen Gepflogenheiten zurück. Zähneknirschend unterwarf er sich und wartete unterdessen auf seine Bestimmung. Erst in dem Augenblick schlug er zu, als die Aufhebung der Ausgangssperre sich ankündigte. Da geriet er in Panik, und seine Tat, dieses hundertmal in Gedanken und mit kältestem Blut ausgeführte Verbrechen, zeigte alle Merkmale einer verminderten Zurechnungsfähigkeit, einer halbbewußt oder unbewußt, in panischer Blindheit ausgeführten Aktion.

Lachen, Kindergeschrei, Unterhaltungsfetzen drangen von unten, wo das öffentliche Leben sich um die Mülltonnen herum abspielte, herauf. Jean trat ans Fenster. Da er von der Höhe seines Ausgucks nicht hinuntersehen konnte, sah er nach oben. Der Himmel strahlte in tiefem Dunkelblau. Wolkenfetzen hasteten an der Sonne vorbei, zeigten, daß der Wind aus Nordwest blies, ein schöner Wind, der die Luft reinigte. Bald würde es warm werden, und die Leute würden die Tage im Freien verbringen. Sie würden die halbe Nacht in den Straßencafés sitzen, reden, lachen, Meinungen austauschen, die sie gar nicht hatten, nur um der Nacht ihre Reverenz zu erweisen. Die Lästigkeiten des Winters wären vergessen. Die politischen Schwierigkeiten wären vergessen. An den Notstand würde keiner mehr denken. Bis der nächste Winter einen neuen Notstand brachte, waren die Schrecken des letzten vergessen. Solange es warm und hell und windig blieb, dachte man an nichts Schlimmes. Gedächtnis zu haben

112

war in diesen Zeiten nicht opportun. Allenfalls ein phasisches Gedächtnis war noch angebracht, der Gerechtigkeit wegen. Man würde sich gewöhnen, die Zustände der Sommer und die Zustände der Winter untereinander zu vergleichen, die Regierungen der Notverordnungszeiten jeweils und jeweils die Regierungen der sommerlichen Prosperität. Keinesfalls würde man sich die kurzen Sommer durch die Aussicht auf die langen Winter verderben lassen. Und ebensowenig würde man sich die langen Winter verderben lassen. Im Gegenteil, jeder stürzte sich in die Finsternis und tat, wozu es ihn trieb. Zwar war es nicht eben schön, eingesperrt zu sein, aber es hatte seine eigenen Spielregeln. Wenn es verboten war hinauszugehen, dann war drinnen eben alles erlaubt. Wenn man beisammenbleiben mußte, obwohl man sich nicht ertragen konnte, nun gut, dann ertrug man sich eben nicht länger. Vergessen war der Sommer, fern jeder taktische Gedanke, den Winter zu überstehen, damit man den Sommer noch erleben konnte. Wenn man ihn dann erlebte, war er wie ein Wunder. Tatsächlich behaupteten die Meteorologen, daß die Sommer immer schöner wurden.

Jean war nachdenklich geworden. Zwar hatte er noch immer nichts begriffen. Er hatte keine Ahnung, was eigentlich vorgefallen war. Aber er spürte, daß er dabei war, sich zu isolieren. Es gab niemanden, der sich nicht den Freuden des beginnenden Frühlings hingegeben hätte, diesem leuchtenden Wunder aus Dunkelblau. Nur er, Jean, war noch ganz mit dem Winter beschäftigt. Er hatte seine Frau umgebracht und überlegte noch immer, warum. Über dem Nachdenken hatte er die praktischen Dinge vernachlässigt. Die Leiche seiner Frau lag nebenan. Bislang hatte die Polizei sich kaum für den Fall interessiert. Wenn er aber zögerte, brachte man ihn vielleicht wegen Mord vor Gericht. Wann hörte die Wintertat auf und fing der Sommermord an? Im Sommer blieb kein Verbrechen ungesühnt. Im Sommer wurde auch niemand umgebracht, es sei denn aus niedrigen Motiven.

Die Versuchung war groß, sich wegen niedriger Motive vor Gericht zerren zu lassen. Jean hätte zu gern gewußt, ob das die große Tat war, auf die er sich den Winter über vorbereitet hatte. Ihm schwante bereits, daß sie es nicht war. Beklemmung erfaßte ihn, als er merkte, daß er nichts von dem, was er wollte, erreicht hatte. Er hätte hinuntergehen und die Mädchen in den hellen Kleidern mit seinen finsteren Gedanken erschrecken sollen. Das war sein Format. Das machte ihm Spaß, und es lag ihm.

Unmerklich stellte sich sein Gleichgewicht wieder her. Es schien ihm, als stünde ihm immer noch alles bevor. Wenn der Mord keine bedeutsamen Folgen gezeitigt hatte, dann war er auch nicht die entscheidende Tat gewesen. Dann hatte er sich geirrt, und es kam jetzt alles darauf an, die unangenehmen Konsequenzen, die ihm daraus erwachsen konnten, zu beschränken. Für einen Irrtum ging er jedenfalls nicht ins Gefängnis.

Im Grunde neigte Jean der Sommerversion zu. Wenn man ihn fragte: er fand, daß es Mord war. Da gab es nichts zu deuteln. Und wie alle Morde war auch dieser hier sinnlos und überflüssig. Besser, er hängte die Sache nicht an die große Glocke. Er fing an, sich Gedanken zu machen, wie er die Leiche verscharren konnte.

Die Vögel

Bussarde kreisten neugierig über der Autobahn und schnupperten an dem Gas. Der ratternde Mannschaftswagen, der aus seinem Auspuff große blaue Wolken in die Luft schickte, hatte sie angelockt. Früher war die Autobahn eine sichere Erwerbsquelle für sie gewesen. Sie hatten von den überfahrenen Kleintieren, Kaninchen, Maulwürfen, Igeln, gelebt. Sie hatten sich einfach auf die Autos verlassen, die sie für sie erlegten, besonders nachts, wenn sie über den Damm wechselten. Sie hatten die Fahrstreifen nach toten Tieren abgesucht, und wenn sie eins entdeckt hatten, waren sie in halsbrecherischem Sturzflug heruntergestoßen, hatten das Tier mit den Klauen gepackt und sich erneut in die Luft geschwungen - manchmal kaum fünf oder zehn Meter vor dem nächsten heranbrausenden Wagen. Da sie aber beim Ausspähen und Sichern der Beute das typische Raubvogelverhalten bewiesen, waren die Autofahrer fasziniert wie von einem Naturschauspiel, und überdies - und da sie den Zusammenhang nicht durchschauten - hatten sie gemeint, wenn schon über der Autobahn so viele Raubvögel kreisten, müßte die Natur noch in Ordnung sein.

Der Leutnant hatte Raubvögel noch nie so nahe gesehen. Sie hatten die Schwingen ausgebreitet und kreisten, wie es den Anschein hatte, ruhig und majestätisch, in Wirklichkeit jedoch trunken und leicht benommen über der Autobahn. Die Straße hatte eine breite Schneise in den Wald geschlagen. Zu Beginn des Krieges waren die Autobahnen für den Zivilverkehr gesperrt worden. Nach den ersten großen Militärtransporten, die Waffen und Soldaten an die Front warfen, war dieser Abschnitt hier verödet. Die Gegend war in einen toten Winkel geraten. Die Zivilbevölkerung, die die Autobahn längst wieder hätte benutzen können, hatte keine Transportmittel mehr, ja bis zu einem gewissen Grad fehlte es an Zivilbevölkerung. Die Straße war zu einem Bestandteil der Natur geworden, einem merkwürdigen Streifen, der in die Landschaft eine freilich streng geometrische Abwechslung brachte.

Verwundert sahen die Vögel auf das erste Auto, das seit Monaten wieder über die Fahrbahn rumpelte. Erinnerungen stellten sich ein. Automatisch nahmen sie eine majestätische Haltung an und äugten mit schrägem Blick scharf nach unten.

Donnerwetter! murmelte der Leutnant und suchte die Vögel mit dem Glas.

Gegen Abend fuhren sie von der Autobahn herunter und machten in der ersten Ortschaft halt. Es war ein Dorf, das die Anbindung an das überregionale Verkehrsnetz aus seiner Ruhe gerissen und zu einem Erholungsort aufgebläht hatte, einem billigen Quartier für Klub-Ausflügler, Reparaturkolonnen und Vertreter. Sie requirierten eine Gaststätte mit Kegelbahn, deren Wände in ihrer unverputzten Frische von Feuchtigkeit troffen. Der Leutnant richtete sich in einem der funkelnagelneuen Räume über dem Kegelbahnanbau ein. Da saß er auf dem Bettrand, trank Whisky aus seinem Zahnputzglas und dachte an die Vögel.

Er brauchte nicht zu fürchten, daß der Lärm der Kegler ihn störte. Er betrank sich so, daß ihn nichts auf dieser Welt mehr stören konnte, und außerdem kegelten seine Leute nicht. Sie saßen auf ihrem Gepäck, in sorgfältigem Abstand zu den feuchten Wänden, und betranken sich auch. Aber sie hatten wenig, woran sie dabei denken konnten. Und sie mochten die Einsamkeit nicht.

Früh am Morgen, als der zähe weiße Nebel nicht weichen wollte, trafen sie sich finster und verkatert in der Küche, und der Kalfaktor, geübt in der Handhabung fremder Gerätschaften, machte ihnen einen heißen Kaffee. Der Leutnant stank, und die Haut hing ihm in dicken Säcken unter den Augen. Eigentlich war er ein stattlicher Mann, nicht mehr jung, grauhaarig, robust, mit scharfen, hellblauen Augen. Jedes Alterszeichen konnte unter diesen Bedingungen ein Schönheitszeichen sein, vorausgesetzt, daß man auf sich hielt und sich

116

pflegte. Aber der Leutnant hielt nicht auf sich. Seine Karriere war steckengeblieben, und er war vorzeitig gealtert von der Knochenarbeit, die man ihm immer noch zumutete, obwohl er längst ein Recht darauf gehabt hätte, sich am Schreibtisch zu konservieren. In seinem Fall aber hatten die Oberen Weitsicht und Menschenführung bewiesen. Sie hatten begriffen, daß seine Stärke nicht im Abstrakten lag, und sich geweigert, ihn die Trittleiter der Karriere hinauf in die luftige Höhe der theoretischen Entscheidungen zu befördern. Da, wo er stand, tat er gute Arbeit, selbst wenn man die Verbitterung über den beruflichen Mißerfolg in Rechnung stellte. Man gewöhnte sich, ihn mit den schwierigsten Aufgaben zu betrauen, die der Soldatenalltag bot, und er entledigte sich ihrer gewissenhaft, mit Umsicht und Erfahrung, und rieb sich auf an dieser schwierigen Nahtstelle zwischen unten und oben. Seine Leute hingen an ihm, weil sie sahen, daß er sich aufrieb. Er machte seinerseits nicht viel Aufhebens von dieser Beziehung, nicht einmal vor sich selbst. In Wirklichkeit bedeutete sie alles für ihn. Hätte man ihn nach dem Wichtigsten in seinem Lēben gefragt, er hätte, ohne zu zögern, die Enttäuschung über die ausgebliebenen Beförderungen angegeben. So sehr war er den konventionellen Maßstäben verhaftet, daß er gar nicht gemerkt hätte, wie sehr er hier «log». Dabei war es lebensnotwendig für ihn, daß er sich nicht herausarbeitete aus dem Alltagswust heikelster Aufgaben und aus der verknäulten Beziehung zu seinen Leuten, denen er ebenso tapfer und kühl voranschritt, wie er unerkennbar mit ihnen verschmolz. Manchmal mengte sich eine homosexuelle Empfindung hinein, besonders in Augenblicken des Nichtstuns, des Wohllebens und wenn es an anderen Empfindungen mangelte. Der Leutnant liebte es zum Beispiel, sich nach der Drecksarbeit des Tages unter die heiße Dusche zu stellen, sofern eine vorhanden war. Da prustete er, bis sich die welke Haut rötete, stieg danach klatschnaß, nur in ein großes Handtuch gewickelt, ins Bett, wo er bis zum Abendessen liegenblieb. Wenn er dann unter seine Leute trat, ausgeruht, sauber, sorgfältig rasiert und gekämmt, nicht duftend wie ein Pfau, nur frisch, ein schöner Mann in der Blüte seiner Jahre, da konnte man sich schon für ihn erwärmen, und er, er erwärmte sich auch. Aber das war nur vorübergehend. Im Grunde kam der Leutnant ohne diese ganz besondere Empfindung aus, zumal die Gelegenheit, heiß zu duschen, immer seltener wurde und der Drang, sich in den kurzen Ruhepausen zu besaufen, immer größer. Da er aber an seinen Leuten hing, schämte er sich, verkatert und stinkend unter ihnen zu erscheinen. Auch an diesem Morgen hielt er sich darum abseits in seiner Ecke und sah von seiner Tasse nicht auf.

Inzwischen kamen schon etliche vom Morgenspaziergang herein, mit geröteten Backen und blitzenden Augen. Sie gingen zum Kalfaktor und ließen sich Kaffee einschenken. In der Nähe des warmen Herds hörten ihre Augen bald zu blitzen auf, und ihre Backen nahmen die alkoholische Röte des Vorabends wieder an. Sie waren unruhig und besprachen sich leise untereinander. Als der Leutnant durch ein Räuspern deutlich machte, daß er in das Flüstern einbezogen werden wollte, traten sie zu ihm an den Tisch und erstatteten Bericht.

Sie waren draußen gewesen, hatten die verkaterten Glieder gelüftet. Dabei hatten sie das Dorf in Augenschein genommen und sich einen ersten Eindruck von der Gegend verschafft. Sie wollten schließlich wissen, wo sie übernachtet hatten. Aber bei dem Versuch, den Ort auf der Karte zu finden, waren sie kläglich gescheitert. Sie hatten keine Ahnung, wo sie sich befanden.

Ihr könnt also nicht kartenlesen, stellte der Leutnant sachlich fest. Ihre Unfähigkeit half ihm über sein eigenes Mißbehagen hinweg, und seine Laune hob sich.

Gebt mir die Karte, sagte er.

Er breitete sie auf der gescheuerten Tischplatte aus, daß die Tassen bis an den Rand geschoben wurden.

Wo sind wir? fragte er und fuhr mit seinen dic
ken, zuverlässigen Händen über die Fläche.

Sie zuckten bloß mit den Schultern.

Er suchte die Autobahn, über die sie hergekommen waren, und die kleine Ortschaft im Dreieck zwischen Abfahrt und Auffahrt. Aber er fand, daß diese Konstellation gleich mehrfach auf seiner Karte vertreten war. Er konnte sich nicht entscheiden. Langsam faltete er die Karte wieder zusammen.

Im Augenblick ist sie völlig nutzlos, erklärte er.

Er schickte seinen Burschen nach einem mehrfach gefalteten Bogen braunes Packpapier, den er in seiner Militärkiste hatte, breitete ihn sorgfältig auf der Tischplatte aus und beschwerte die Ränder mit Tassen.

Es hilft alles nichts, sagte er, wir müssen rekognoszieren.

Da sie nur ein einziges Wahrheitskriterium hatten, nämlich die Karte, mußten sie um alles in der Welt vermeiden, Informationen, die sie ihr entnommen hatten, in ihre Erkundungen einfließen zu lassen. Das hieß, sie mußten selbst eine Karte anfertigen - hier wischte der Leutnant mit beiden Unterarmen über das Packpaier -, und erst wenn diese Karte fix und fertig war, durften sie sie mit der richtigen vergleichen.

Das ist zwar umständlich, sagte der Leutnant und faltete das Packpapier wieder zusammen, aber dann wissen wir wenigstens, wo wir sind.

Sie marschierten zu zweit, zu dritt. Der Nebel hatte sich gehoben. Es war ein heller, sonniger Vormittag. Die Wiesen dampften noch. Neugierig sahen sie sich um.

Es war schon in Friedenszeiten eine gottverlassene Gegend gewesen, deren natürlicher Reiz freilich den Ausflüglern, die meist nur das einzige Gartenlokal aufsuchten und nach kreischenden Wendemanövern wieder auf die Autobahnauffahrt gelangten, verborgen geblieben war. So, wie die Einwohner ihr Dorf den Touristen preisgegeben hatten, so überließen sie es heute den fremden Soldaten. Sie kamen aus ihren Häusern nicht heraus.

Nach wenigen Schritten hatten die Soldaten die Straße hinter sich gelassen und schwärmten nun nach allen Seiten über die Wiesen und Felder aus. Hinter dem Dorf, nach Westen zu, zog sich lockerer Mischwald einen sanften Hügel hoch. Da stiegen einige von ihnen hinauf. Sie bewarfen sich mit morschen Ästen und lachten über die Sonnenflecken im gesprenkelten Laub. Oben angekommen, hielten sie an und musterten aufmerksam das Land. Eilfertig griffen sie zu

Bleistift und Papier. Keine Kleinigkeit wurde geringgeachtet. Von jeder zweifelhaften Stelle wurde eine Extraskizze angefertigt. Wer konnte im Endeffekt wissen, was wichtig war und was nicht? Es wurde gemessen und geschätzt.

An einem Bach, der vom Berg herunterkam, machten sie Rast und aßen ihre dicken Schnitten. Sie tranken von dem Wasser, aber sie fanden den Geschmack schlecht. Sie werden die Quelle verunreinigt haben, sagten sie fachmännisch. Dann gingen sie wieder an die Arbeit. Erst abends, als sie schon in ihren Betten lagen, fiel ihnen der Bach wieder ein. Töricht erschien es ihnen jetzt, daß sie von dem Wasser getrunken hatten, und sie krümmten sich wie unter einer Kolik.

Keiner von ihnen hatte gelernt, eine richtige Karte zu zeichnen. Um so erstaunlicher war, was für eine hübsche Zeichnung am Ende herauskam. Einer der Soldaten hatte noch Blau und Grün und Rot unter seinen Stiften gefunden, und so entstand ein deutliches Bild: grün schraffierte Wiesen, gekreuzelte Wälder, ein paar blaue Linien für die Wasserläufe, Bleistiftgrau für die Straßen und Wege und schließlich ein roter Punkt für das Dorf. Aufatmend betrachteten sie das Ergebnis.

Aber der Kartenvergleich brachte die große Enttäuschung. Die stolze Zeichnung versagte. Zwar hatten sie gewissenhaft gearbeitet. Trotz aller observatorischen Sorgfalt aber hatten sie im Grunde nur die Trivialitäten der Landschaft eingefangen. Daß wir uns im Mittelgebirge befinden, war uns ja eigentlich klar, meinte der Leutnant spöttisch und deutete auf die sorgfältig gekreuzelten Flächen. Andererseits bemängelte er die detailfreudige Ausführung der Karte. Es war ja alles sehr hübsch und genau. Hochstände, Bretterstege, Ufergebüsch: ein Wanderer hätte herrlich wandern können mit der Karte. Aber sie brauchten keine Wanderkarte. Was ihnen fehlte, war der exakte topographische Vergleich.

Er holte aus seiner Uniformjacke ein verkrumpeltes Papier und einen Bleistiftstummel und zeichnete mit groben Strichen ein Schema auf: Ortskern, Straße, Bach, und meinetwegen, räumte er ein und fügte ein paar schäbige

Kreuzchen hinzu, hier ist der Wald, und hier - er deutete die Stelle mit Strichen an - sind die Wiesen.

In weniger als einer halben Stunde hatten sie heraus, daß ihr Dorf jedenfalls keinem Punkt auf der Karte entsprach. Zögernd fuhr der Finger des Leutnants die doppelte Autobahnlinie entlang, verhielt betroffen an ein oder zwei Autobahnkreuzen, die Böses verhießen und an die sich niemand mehr erinnern konnte, fuhr holpernd über die Bruchkanten, die auf der Karte weiße Streifen hinterlassen hatten und hinter denen sich Gott weiß was verbarg, und blieb dann irgendwo im Leeren hängen. Es konnte kein Zweifel sein: sie hatten sich verfahren und waren, ohne es zu merken, über den Rand der Karte hinausgelangt.

Am nächsten Tag teilten sie die Arbeit auf. Das Gros sollte die selbstgezeichnete Karte systematisch erweitern. Andere mußten sich um die Versorgung kümmern. Wer konnte wissen, wie lange das hier dauern würde, diese merkwürdige Mischung aus Irrtum, Urlaub, Desertion? Schon jetzt konnte sich keiner von ihnen die Rückkehr vorstellen. Was erwartete sie: Erschießen mit und ohne Urteil oder das endlose Gelächter der Kameraden, die vielleicht ganz in der Nähe kampierten?

Die im Außendienst merkten bald, daß sie auf der Stelle traten. Sie marschierten viel, auch ließen sie diesmal alle Pfadfinderallüren sein. Aber sie waren vielleicht, wer weiß wie viele Stunden, in die Irre gefahren, und wie sollten sie das je einholen mit den Füßen?

Sie hatten dennoch nicht die schlechteste Arbeit erwischt. Sie brauchten nicht mit einer feindseligen Bevölkerung über die Versorgung zu verhandeln. Sie mußten nicht mit Fußtritten und Schlägen fordern, was man ihnen nicht freiwillig gab. Und sie waren an der frischen Luft. Sie mußten nicht zu Hause in der dumpfen Küche sitzen und sich den Kopf über Durchschnittsgeschwindigkeiten, mittleren Benzinverbrauch und Himmelsrichtungen zerbrechen - dabei ständig in Alarmbereitschaft, ob nicht der Leutnant sich meldete. Er hatte den Versuch gewagt, nur in Begleitung eines seiner Männer bis «auf die Karte» zurückzufahren, sofern der Treibstoff reichte. Auf ihn richteten sich denn auch die Hoffnungen, nicht auf den Erkundungstrupp und nicht auf die, die sich den Kopf am Küchentisch zerbrachen.

Der Leutnant fuhr zusammen. Sie waren auf der Autobahn, und ihm war, als habe er etwas verpaßt. Der Schweiß trat ihm auf die Stirn. Er fuhr hart an den Straßenrand und wandte sich an seinen erschrockenen Begleiter.

Was war da eben! herrschte er ihn an.

Der Mann schüttelte den Kopf. Es war ja überhaupt nichts gewesen! Aber der Leutnant gab sich nicht zufrieden. Er hatte das deutliche Gefühl, soeben etwas gesehen zu haben, was in unmittelbarem, wenn auch unbegriffenem Zusammenhang mit ihrer Irrfahrt vor zwei Tagen stand. Ziellos sah er sich um, insgeheim jedoch auf geheime Botschaften, unmißverständliche Zeichen gefaßt. Mühsam wandte er sich nach hinten und warf einen Blick zurück. Das hätten sie schon früher machen sollen: einfach einen Mann auf dem Rücksitz postieren, der die Gegend durchs Heckfenster betrachtete, der sie so sah, wie sie sie vor zwei Tagen gesehen hatten. Dann hätten sie eine Chance gehabt!

Eben wollte er den Wagen auf die Fahrbahn zurücklenken, da entdeckte er die Vögel. Ein Raubvogelpärchen kreiste im Gleitflug über der Autobahn, bei jedem Kreis sich sachte höher schraubend. Vermutlich behielten sie den Wagen am Straßenrand scharf im Auge.

Der Leutnant riß den Feldstecher aus dem Handschuhfach und suchte die Vögel mit dem Glas. Bestürzt sah sein Begleiter, wie er sich bei laufendem Motor in den Anblick des kreisenden Pärchens vertiefte.

Er hatte keine Ahnung von Vögeln. Und schon gar nicht hatte er eine Ahnung von der Interdependenz zwischen Mensch und Natur. Am meisten war er vielleicht über sich selbst erstaunt, daß er sich auf seine alten Tage noch so interessieren konnte. Ein Naturbursche war er nie gewesen. Er hatte nie etwas anderes beobachtet als die taktischen Bewegungen der eigenen und der feindlichen Streitkräfte. Jetzt war er glücklich, nicht nur über die Vögel, sondern über seine Neugier, seine fröhliche Naivität. Kein Zweifel kam ihm dazwischen, daß an den Tieren etwas faul war, daß er sie gewissermaßen angelockt, mit seiner Fahrerei buchstäblich herbeigezaubert hatte.

Donnerwetter, murmelte er und entließ die Vögel nicht aus seinem Glas. Er bewunderte ihre Flügelspanne und den scharf gegabelten Schwanz. Der eine Vogel war kleiner als der andere. Ein Pärchen vermutlich. So etwas wie Rührung überkam den Leutnant, ein flaues Gefühl in der Magengrube, weil er die Natur beim Liebesspiel beobachten durfte. Unwillkürlich ließ er sich in die kreisende Bewegung der beiden Vögel hineinziehen und duldete es sogar, daß ihm ein wenig schwindlig wurde. Er war glücklich, daß es ihm vergönnt war, einen Blick hinter den eisernen Vorhang der Natur zu werfen. Was machte es, wenn ihm dabei ein bißchen schwindlig wurde?

Der Herr Leutnant lassen sich ablenken, mahnte sein Begleiter leise. Bisweilen dutzten sie sich sogar. Aber in diesem Augenblick war der andere ihm eher unheimlich, und er hätte ihn um alles in der Welt nicht gedutzt.

Es fehlte nicht viel, und der Leutnant hätte sein Glas auf seinen Begleiter gerichtet. Nur widerwillig ließ er den Feldstecher sinken und maß den Mann mit einem arroganten Blick.

Weißt du, daß wir die Vögel schon auf der Herfahrt gesehen haben? fragte er hochmütig.

Sein Begleiter schüttelte den Kopf. Auf der Herfahrt hatte er am Steuer gesessen und nicht nach den Vögeln geguckt.

Ich habe die Vögel schon auf der Herfahrt gesehen, sagte der Leutnant selbstbewußt. Und weißt du was? Hier, genau an dieser Stelle, haben wir uns verfahren!

Er hatte den Wagen auf die Fahrbahn zurückgelenkt. Er fühlte sich leicht und befreit. Er hatte die Zeichen verstanden und das Rätsel gelöst.

Siehst du, sagte er triumphierend, als in dem Moment Pfeile auftauchten und hoch über der Autobahn schwarz übermalte Schilder. Es war eins von diesen Kreuzen, wo sich die Fahrbahn plötzlich unnatürlich verbreiterte und man in den Sog von halb abknickenden Pfeilen geriet, die in eine nicht feststellbare Richtung führten, während auf verschobenen Ebenen die symmetrischen Schleifen der Zufahrtswege und weiter hinten die auseinanderstrebenden Bahnen der gekreuzten Autowege in den Blick traten. Aber er hatte die Vögel beobachtet und dabei die Ausfahrt verpaßt. So einfach war das.

So einfach ist das, sagte er und sah seinen Begleiter triumphierend an.

Dem stieg die Röte ins Gesicht. Er hatte die Vögel nicht beobachtet. Schließlich war er gefahren. Aber wenn er die Vögel nicht beobachtet hatte, hatte er vielleicht auf die Straße geachtet. Er konnte sich beileibe nicht an diese Ausfahrt erinnern. Dabei war er ein besonnener Mann, das heißt, er tat, was man ihm sagte. Freilich sah die Ausfahrt von der andern Seite anders aus, und falls sie von einer anderen Autobahn auf diese gewechselt waren, war sie sogar eine Auffahrt. Aber bevor sie auf diese Autobahn gekommen waren, mußten sie von einer andern heruntergefahren sein, also hatte es auch da gewissermaßen eine Ausfahrt gegeben. Wie sollte er aber diese hier erkennen, wenn die andere eine andere gewesen war, du lieber Himmel, wer hatte überhaupt die Karte gelesen und die Befehle gegeben! Er war sich ganz sicher, daß er niemals aus eigenem Entschluß von einer Autobahn heruntergefahren wäre, übrigens von keiner Autobahn der Welt. Er hatte noch nie in seinem Soldatenleben, und schon gar nicht in seiner Eigenschaft als Fahrer eines Mannschaftswagens, aus eigenem Antrieb gehandelt. Insofern hatte er ein reines Gewissen. Aber wieso und warum hatten sie sich dann eigentlich verfahren?

Na und jetzt, wie weiter? fragte der Leutnant in einem ganz unpassend leichtfertigen Ton.

Wie meinen? fragte der Mann, aus seiner verzweifelten Verwirrung nur durch den falschen Zungenschlag aufgeschreckt.

Ich meine, sagte der Leutnant ungeduldig, wie sollen wir fahren? Was schlägst du vor? Du hast doch schließlich am Steuer gesessen.

124

Der Mann hob hilflos die Schultern.

Sie werden zu entscheiden haben, sagte er lahm.

Ein tiefes Schweigen entstand.

Der Leutnant wurde von den widerstreitendsten Empfindungen gequält. Es war die Aufregung, natürlich, die ihm zusetzte. Er wußte, welche Verantwortung auf ihm lastete, welche Hoffnungen sich an seine Expedition knüpften, bei der er das letzte Benzin seiner kleinen Truppe verfuhr. Dabei hatte er keine Ahnung, wie er sich entscheiden sollte. Er verstand nicht viel von Geographie, und er hatte keinen angeborenen Sinn für die Richtung.

Es war aber nicht nur diese Unsicherheit, was den Leutnant quälte. Er fühlte sich überfahren. Jetzt, wo es ans Entscheiden ging, merkte er auf einmal, daß er sich lieber nicht entschieden hätte. Tatsächlich ging es nicht nur darum, den richtigen Weg zu finden, sondern darum, ihn auch zu wollen. Am liebsten hätte er das Steuer fahrenlassen und die Hände in den Schoß gelegt, so wenig sicher war er sich, daß er den richtigen Weg wollte.

Er bereute es, daß er sich auf diese Reise hatte schicken lassen, so schnell, so hastig, verfrüht. Aber sie hatten in der Klemme gesteckt, und er hatte einen Ausweg gesucht. Das war nicht mehr als seine Pflicht. Das war beinahe schon ein Reflex. Jetzt verfluchte er sein elendes Pflichtbewußtsein, seine verdammten Reflexe!

Tatsache war, daß er einen großen Fehler gemacht hatte. Er hatte die Situation nach dem Schema F des Soldaten beurteilt. Dabei war er wahrhaftig alt genug, um zu merken, daß sie längst in kein Schema mehr paßte. Etwas hatte sich eingeschlichen, was entsprechend anderes erforderte als bloß das übliche hastige Reagieren, ein gewisses Nachdenken, beispielsweise, und Innehalten, eine vorsichtige Neugier auf Neues!

In dem Zustand einer beinahe schon chronischen Anspannung, in dem der Leutnant sich befand, hatte er das Neue deutlich vor Augen. Achtunggebietend fand er es, wie der Ort, wo er seine Leute zurückgelassen hatte, Verkehr und Tourismus abgeschüttelt und sich in ein regelrechtes Dorf zurückverwandelt hatte, wo Fuchs und Hase sich gute Nacht sagten und der Löwenzahn zwischen den geborstenen Steinplatten sprießte. Er roch die morgenfrische Luft über den nassen, nebelfeuchten Wiesen, obwohl er selbst an dem Erkundungsgang gar nicht teilgenommen hatte, sondern, angeblich mit strategischen Überlegungen beschäftigt, in Wirklichkeit seinen Brummschädel pflegend, im Gasthof geblieben war. Er sah seine Leute in der Küche sitzen, mit frisch geröteten Gesichtern, irgendwie ländlich, die Jacken salopp über die hochbeinigen Küchenstühle gehängt. Er hätte sein Leben gegeben, um dabeisein zu können, im stummen Kreis seiner Leute, leicht beunruhigt, aber nicht klüger als sie und von einer angenehm vagen Hoffnung belebt. Am liebsten wäre er auf der Stelle umgedreht, wäre zurückgefahren und hätte gesagt, ich war gar nicht weg, aber morgen fahre ich wirklich. Und morgen hätte er gesagt, morgen. Er hätte das zu gern noch ein bißchen ausprobiert, dieses Leben dort im grünen Winkel. Er hätte gern erlebt, wie sie versuchten, sich zurechtzufinden, aus der beklemmenden Situation etwas zu machen. Wie sie die Gegend ausforschten und ihre eigene kleine, nicht mehr ganz so militärische Gemeinschaft. Noch in seiner Träumerei staunte er, wie die Soldaten, die ihm doch abgrundtief vertraut waren, plötzlich ein ziviles Gesicht hervorkehrten. Er hätte gern gewußt, ob er ihnen ein ziviler Chef sein konnte, was immer das heißen mochte. Und er hätte das gern noch einmal erlebt: das Frühstück in der überheizten Küche, der Gang über nasse, morgenfrische Wiesen, die Unruhe am Abend, wenn sie ängstlich wurden, und das beruhigende Sichversammeln morgens in der Küche. Er hätte das gern noch ein paarmal erlebt. Er hätte gern ausprobiert, ob etwas daran war oder nicht. Jetzt war es zu spät.

Unter den entsetzten Blicken seines Begleiters war der Leutnant, beinahe ohne es zu merken, den abknickenden Pfeilen gefolgt, und kaum hatten sie die große Schleife ausgefahren, da erkannten sie die Strecke wieder. Es fiel ihnen wie Schuppen von den Augen.

Wir sind richtig! schrie der Begleiter und warf sich mit seinem Gewicht gegen den Leutnant, der ihn mit seiner ganzen Kraft zurückschleuderte, daß er halbwegs gegen die Tür prallte. Er konnte von Glück sagen, daß sie nicht nachgab, sonst wäre er draußen gewesen, und der Leutnant wäre frei gewesen, und niemand hätte ihn mehr stören können, wenn er die Vögel beobachtete.

Paß doch auf! knurrte er und versuchte den Wagen in die Spur zu bringen.

Der Mann klebte schon wieder an der Scheibe.

Wir sind richtig! schrie er. Herr Leutnant, wir haben es geschafft!

Der Leutnant warf einen abschätzigen Blick auf den zappeligen Mann. Er hatte es gut, er konnte es nicht abwarten, nach Hause zu kommen. Man sah es seinem Rücken an, daß er vor Freude vibrierte. Nicht der leiseste Zweifel trübte sein Glück. In wenigen Stunden waren sie da, und dann bekamen seine unbefangene Dummheit, seine Vertrauensseligkeit recht. Der Leutnant sah ihn förmlich, wie er in der Umarmung mit seinen Kameraden verschmolz. Er hatte sich gefürchtet in dem gottverlassenen Dorf, und jetzt brauchte er sich nicht mehr zu fürchten. Der Leutnant bekam Lust, ihn in den Rücken zu boxen, nur damit er sich wieder fürchtete.

Und er selbst? Hatte er keine Furcht? Angestrengt sah er in den Rückspiegel und starrte auf die geschwungene Linie, die der Wald in den dunstigen Mittagshimmel zeichnete, auf die grüne Wand, hinter der sich die Straße verlor. Unwillkürlich bückte er sich, um noch mehr Himmel einzufangen; denn einen Augenblick war ihm, als hätte er die Vögel gesehen. Aber der Himmel war leer. Mutlosigkeit befiel ihn, als er an das Dorf im grünen Winkel dachte. Es war nicht so einfach, die Seele vom Ganzen zu sein und der Sache einen Sinn zu geben. Ihm grauste bei dem Gedanken an die morgendliche Lagebesprechung, bei der es nichts als feuchte Wiesen und unübersichtliche Waldhänge zu verteilen gab. Die Natur war ihm auf einmal zuviel. Und seine Leute? Sie waren genau wie der, der da vorne an der Scheibe klebte! Was würden sie sagen, wenn er niedergeschlagen heimkäme, müde und mit leerem Benzintank, und mit den Schultern zucken würde: Tut mir leid, ich habe es nicht geschafft. Nein, mit ihnen war kein Abenteuer möglich. Firlefanz, was er sich eingebildet hatte, daß nicht bloß er der Puffer war zwischen ihnen und dem Generalstab, diesem ganzen blöden Krieg, sondern auch sie ein Puffer für ihn, so daß er ungestört die Vögel betrachten und nach Belieben das Glas sinken lassen konnte: Na, was ist, spielen wir nun 'ne Runde Bauernskat oder nicht?

Auf einer Eisenbahnbrücke stoppte er und stieg aus.

Bloß mal'n Blick auf die Karte werfen! rief er seinem verdutzten Begleiter zu und lief zum Geländer hinüber. Tatsächlich wollte er allein sein und ohne die lähmende Gegenwart des glückstrahlenden Mannes prüfen, ob sein Gefühl ihn nicht trog: daß er nicht vor und nicht zurück konnte, daß er sich weder retten lassen noch ins Abenteuer stürzen, daß er weder Krieg noch Frieden spielen wollte, daß ihm alles verleidet war. Schräg hielt er das Gesicht in die Sonne und blinzelte zu seinem Begleiter hinüber, der ebenfalls ausgestiegen war und sich vergnügt am Geländer zu schaffen machte, sich weit hinüberlehnte, um den Zustand der Weichen und verrosteten Schienen zu prüfen, und dann anfing, in den Streben hinaufzuklettern. Ein kräftiger Wind blies über die Brücke, und wenn man nur einen halben Meter höher war, hatte man einen herrlichen Blick über das Land. Der Mann hielt die Hand als Schirm über die Augen und verfolgte die Straße, so weit der Blick reichte. In der Ferne meinte er ein paar dunkle Punkte zu erkennen und kniff die Augen zusammen, um zu sehen, ob sie sich bewegten.

Der Leutnant sah gar nichts. Er hätte gern nachgedacht, aber ein lästiger Druck hinderte ihn am Denken. In einem seltsamen Immobilismus, seiner Handlungsfähigkeit und seiner Vorstellungskraft in gleicher Weise beraubt, lehnte er am Geländer und döste.

Sein Begleiter kniff die Augen fest zusammen. Er sah, daß die Punkte sich bewegten. Er erkannte die militärische Formation. Die Brust krampfte sich ihm zusammen, als er begriff, daß es vermutlich ein Suchtrupp war, daß man ihnen entgegenkam. Sich allein zurückkämpfen war ohne Frage tapfer. Aber gesucht werden, das sprengte alle Vorstellungskraft! Mannhaft schluckte er eine Träne hinunter, reckte sich hoch und fing überflüssigerweise schon an zu winken.

Herr Leutnant, schrie er, sie suchen nach uns! Sie kommen uns schon entgegen!

Mit einem Mal fühlte er sich hochgehoben und weit über das Geländer hinaus in die Höhe gestemmt. Der Leutnant war immer noch unheimlich stark, und der Mann hatte, ehe er auf die Gleise hinunterstürzte, einen Augenblick das Gefühl, in den Himmel zu fliegen.